U0125783

 站在巨人的肩上
Standing on the Shoulders of Giants

［日］结城 浩 ◇ 著

陈朕疆 ◇ 译　洪万生 ◇ 审

数+学=(女×孩)的秘密笔记

整数篇

人民邮电出版社

北京

图书在版编目（CIP）数据

数学女孩的秘密笔记. 整数篇 /（日）结城浩著；
陈朕疆译. -- 北京：人民邮电出版社，2024.1（2024.6重印）
（图灵新知）
ISBN 978-7-115-62654-7

Ⅰ. ①数⋯ Ⅱ. ①结⋯ ②陈⋯ Ⅲ. ①长篇小说－日
本－现代 Ⅳ. ①I313.45

中国国家版本馆CIP数据核字(2023)第174702号

内 容 提 要

"数学女孩"系列以小说的形式展开，重点讲述一群年轻人探寻数学之美的故事，内容深入浅出，讲解十分精妙，被称为"绝赞的数学科普书"。"数学女孩的秘密笔记"是"数学女孩"的延伸系列。作者结城浩收集了互联网上读者针对"数学女孩"系列提出的问题，整理成篇，以人物对话和练习题的形式，生动巧妙地解说各种数学概念。主人公"我"是一名高中男生，喜欢数学，兴趣是讨论计算公式，经常独自在书桌前思考数学问题。进入高中后，"我"先后结识了一群好友。几个年轻人一起在数学的世界中畅游。本书非常适合对数学感兴趣的初高中生及成人阅读。

◆ 著　　　　［日］结城浩
　　译　　　　陈朕疆
　　审　　　　洪万生
　　责任编辑　魏勇俊
　　责任印制　胡　南
◆ 人民邮电出版社出版发行　　北京市丰台区成寿寺路11号
　　邮编　100164　　电子邮件　315@ptpress.com.cn
　　网址　https://www.ptpress.com.cn
　　北京市艺辉印刷有限公司印刷
◆ 开本：880×1230　1/32
　　印张：8.125　　　　　　　　2024年1月第1版
　　字数：153千字　　　　　　　2024年6月北京第3次印刷
　　著作权合同登记号　图字：01-2021-3523号

定价：59.80元
读者服务热线：(010)84084456-6009　印装质量热线：(010)81055316
反盗版热线：(010)81055315

广告经营许可证：京东市监广登字20170147号

序章

早、中、晚。

早、中、晚。

如此，日日重复。

春、夏、秋、冬。

春、夏、秋、冬。

如此，年年重复。

重复造就了系统，系统创造了数字。

今天、明天、未来。

我们在生活中，细数这些重复。

重复展现了节奏，节奏建构了旋律。

今天、明天、未来。

我们在生活中，歌颂这些旋律。

依循规律，把玩数字。

依循倍数的规律，

依循进位的规律，

依循规律的既定步骤，把玩数字。

以不同的排列，把玩数字。

以时钟的排列，

以卡片的排列，

以恶作剧的涂鸦排列，把玩数字。

从系统到节奏，从规律到排列，

我们把玩数字。

今天、明天、未来。

从解谜到魔术，甚至是测验，

有趣的数字怎么也玩不腻。

来吧，和我们一起，与数字嬉戏。

献给你

本书将由由梨、蒂蒂、米尔迦与"我",展开一连串的数学对话。

在阅读中,若有理不清来龙去脉的故事情节,或看不懂的数学公式,你可以跳过去继续阅读,但是务必详读他们的对话,不要跳过。

用心倾听,你也能加入这场数学对话。

登场人物介绍

我

高中二年级，本书的叙述者。

喜欢数学，尤其是数学公式。

由梨

初中二年级，"我"的表妹。

总是绑着栗色马尾，喜欢逻辑。

蒂蒂

本名为蒂德拉，高中一年级，精力充沛的"元气少女"。

留着俏丽短发，闪亮的大眼睛是她吸引人的特点。

米尔迦

高中二年级，数学才女，能言善辩。

留着一头乌黑亮丽的秀发，戴金属框眼镜。

妈妈

"我"的妈妈。

瑞谷老师

学校图书室的管理员。

目录

重复加减亦不改变性质

"即使不知道原理，也能用'判别法'。"

1.1 我的房间

由梨："哥哥，我出个题目给你喵。"

我："'喵'是怎么回事？"

由梨："别管这个啦！听好了，123 456 789 是 3 的倍数吗，喵？"

> **问题**
>
> 123 456 789 是 3 的倍数吗？

由梨突然以猫语出题。

由梨穿着牛仔裤，绑着栗色马尾。她是我的表妹，今年上初中二年级。我们小时候经常在一起玩。我已升高中二年级，她还是叫我"哥哥"。她经常来我的房间打发时间，看看书、出小测验……

我："嗯……你是指 123 456 789 啰？"

由梨："是啊，你的答案是什么？"

我："很简单啊，123 456 789 是 3 的倍数。"

由梨："这样好无聊，哥哥，不要答得那么快嘛！"

解答

123 456 789 是 3 的倍数。

我："这是很基本的题目呀！想知道一个数'是否为 3 的倍数'，只需计算'各位数加起来，是不是 3 的倍数'。"

---

3 的倍数判别法

想知道一个数"是否为 3 的倍数"，只需计算"各位数加起来，是不是 3 的倍数"。

举例来说，把 123 456 789 的各位数相加，可以得到

$$1+2+3+4+5+6+7+8+9=45$$

因为 45 是 3 的倍数，所以 123 456 789 是 3 的倍数。

由梨："你早就知道啦！"

我："由梨啊，你最近讲话是不是变粗鲁了？"

由梨："才没有！人家可是舌灿莲花！"

我："你的说法很怪。"

由梨："别管这个啦！哥哥，你的心算很快呢！为什么你能这么快把 1 到 9 加起来呢？"

我："因为我背过。"

$$1+2+3+4+5+6+7+8+9+10=55$$

由梨："咦？"

我："我背过'从 1 加到 10 的总和是 55'。"

由梨："这真像算式狂热者会说的话。"

我："我还不算算式狂热者啦！因为从 1 加到 10 是 55，所以从 1 加到 9 是 45，对吧？"

$$1+2+3+4+5+6+7+8+9+10=55$$
$$1+2+3+4+5+6+7+8+9\ \ \ \ \ \ \ =45$$

由梨："没错。"

我："实际计算从 1 加到 9 的和很简单，只需把数凑成'相加为 10 的对子'。"

由梨："什么意思？"

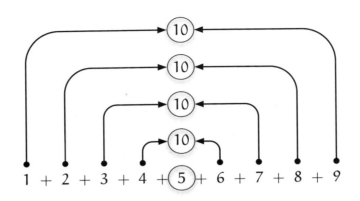

凑成 10 的对子，比较好算

我："开头的 1 和最后的 9 凑在一起，会变成 10 吧？另外，'2 和 8''3 和 7''4 和 6'也能凑成对，把这几对加起来是 40，最后再加中间没有凑成对的 5，得到 40+5=45。"

由梨："原来如此。"

我："但是，为什么你突然问 123 456 789 的问题呢？"

由梨："因为上课时，老师突然提到 3 的倍数判别法。他说：'把各位数加起来，如果总和是 3 的倍数，那么这个数即是 3 的倍数。'我觉得很有趣。"

我："这次换哥哥出个题目给你喵。"

由梨："'喵'是怎么回事？"

1.2　是 3 的倍数吗

我："103 690 369 是 3 的倍数吗？"

> **问题**
>
> 103 690 369 是 3 的倍数吗？

由梨："我想想……是 103 690 369 吧？"

我："是啊！"

由梨："计算 1+0+3+6+9+0+3+6+9……嗯，总和是 37，不是
3 的倍数。103 690 369 不是 3 的倍数。"

> **解答**
>
> 103 690 369 不是 3 的倍数。

我："没错，答案正确，但是你花太多时间了。"

由梨："我计算比较慢，真是对不起啊！"

我："其实不用计算。"

由梨："又要凑成总和为 10 的对子吗？"

我："不，要判断总和是不是 3 的倍数，不需要把是 3 的倍数的数
算进去。"

由梨："咦？"

我："没必要把 $1+0+3+6+9+0+3+6+9$ 所有数都加起来，0、3、6、9 是 3 的倍数，不用加进去……"

$$1+\underbrace{0+3+6+9+0+3+6+9}_{\text{皆为3的倍数}}$$

由梨："只剩下 1 ？"

我："是啊，剩下的 1 不是 3 的倍数，所以 103 690 369 不是 3 的倍数。"

由梨："为什么？好过分！"

我："这是因为某数加上 3 的倍数，不会影响这个数'是否为 3 的倍数'。"

由梨："咦……一定不会影响吗？"

我："一定不会影响。假设一个数是 3 的倍数，这个数再加上 3 的倍数，还是 3 的倍数吧？"

由梨："没错。"

我："而且，不是 3 的倍数的数，即使加上 3 的倍数，也不会变成 3 的倍数。"

由梨："嗯……"

1.3　用数学证明

我："话说回来，你知道这个判别法怎么证明吗？"

由梨："知道什么？"

我："'各位数相加，是不是 3 的倍数'是相当知名的判别法，但为什么这样可以判别数是否为 3 的倍数呢？你知道原因吗？"

由梨："咦……"

由梨玩弄着发梢，一脸困扰。

我："'计算各位数相加是不是 3 的倍数'是 3 的倍数判别法，它的数学证明，初中生也办得到。"

由梨："证明？"

我："数学证明指利用题目所给的条件，有条理地叙述某个数学主张。"

由梨："这样啊！"

我："'大概是这样'或'根据经验，应该是这样'无法说服人，必须'有所根据，保证主张绝对成立'。"

由梨："哦！有所根据，保证主张绝对成立。数学证明好像很对我的胃口哦！"

我："你一定会喜欢。"

由梨很喜欢"瞬间了解"的感觉。

由梨："怎么证明呢?"

我："我们先把要证明的数的范围缩小到 1000 以下吧。"

要证明的事项

设 n 为整数，且 $0 \leqslant n < 1000$（$n = 0$、1、2……998、999）。

设 A_n 为 n 的"各位数总和"，则有以下规则成立：

① 若 A_n 是 3 的倍数，则 n 是 3 的倍数；

② 若 A_n 不是 3 的倍数，则 n 不是 3 的倍数。

由梨："哦。"

我："你的反应好冷淡，这就是数学证明啊！"

由梨："我不懂呢，哥哥，为什么一定要弄得这么复杂呢？写一堆 n 和 A_n……"

我："为了精准地叙述问题，必须用 n 和 A_n 这种符号。如果用'原本的数'或'一开始的数'这种文字去叙述，难以辨别你所指的是哪个数。"

由梨："可以用 123 这种数来练习吗？"

我："当然可以，以具体的例子练习与思考相当重要。"

由梨："先加起来吧，$1+2+3=6$，6 是 3 的倍数。接着，把 123 除以 3……呃……嗯，$123 \div 3 = 41$，刚好整除，所以 123 是 3 的倍数。OK，成功！"

我："嗯，你刚才以具体的数 123，来确认'要证明的事项'的规则①。"

由梨："是啊!"

我："举例是理解的试金石，以具体的数来确认要证明的事项，代表你已经明白要证明的事项是什么了。"

由梨："嘿嘿。"

我："不过……"

由梨："嗯?"

我："接下来，你必须更上一层楼，证明更一般化的情形。"

由梨："一般化的情形?"

我："没错，刚才你以具体的数 123，确认规则①为真，但是我们不可能确认 0 到 999 的所有数吧?"

由梨："会吗? 124、567、999 的计算都很简单吧?"

我："好吧，是我说得不够精确。计算 0 到 999 的每个数，并不是不可能，但会相当费时费力。"

由梨："对，好麻烦。"

我："每个数都验证会很浪费时间，这种情形在数学上用符号来表示。"

由梨："符号?"

我："没错，即'用符号表示一般化'，用符号 a、b、c 表示 n，如下所示。"

用符号来表示

设 n 为整数, 且 $0 \leqslant n < 1000$。用 a、b、c 表示 n, 如下:

$$n = 100a + 10b + c$$

其中, a、b、c 为 0、1、2、3、4、5、6、7、8、9 中任意一个数。

由梨: "算式狂热者出现了!"

我: "这种程度还不算狂热。你能用乘法符号 '×', 表示 $100a + 10b + c$ 吗?"

由梨: "可以啊, 是这样吧?"

$$100 \times a + 10 \times b + c$$

我: "没错, '100 倍的 a 加 10 倍的 b, 再加 c'。"

由梨: "咦? a 是什么意思?"

我: "问得好, 由梨。在这里, a 代表百位数, b 代表十位数, c 代表个位数。"

由梨: "为什么?"

我: "咦, 为什么啊?"

1.4　自行定义

由梨："为什么你知道 a 是百位数呢?"

我："其实，是哥哥自己决定用 a 代表百位数，b 代表十位数，c 代表个位数的。为了让之后的证明更好算，而自己定义。"

由梨："这种事可以自己随便决定吗?"

我："嗯，可以，随便你怎么定义都行。可见你还不习惯用数学式思考啊! 用数学式思考，为了让推导过程更容易进行，自行定义符号的意义相当重要。哥哥刚才选了符号 a、b、c，用其他符号来表示也可以，符号可以自行定义。"

由梨："哦……"

我："回到原本的话题。将 n 表示如下:

$$n = 100a + 10b + c$$

即，将百位数、十位数、个位数分别用 a、b、c 表示，这是我的定义。以 123 为例，$a=1$、$b=2$、$c=3$。"

$$n = \boxed{1\ \vdots\ a\ \text{百位}}\ \boxed{2\ \vdots\ b\ +\ \text{位}}\ \boxed{3\ \vdots\ c\ \text{个位}} = 100\,\boxed{a} + 10\,\boxed{b} + \boxed{c}$$

- a 为 0、1、2、3、4、5、6、7、8、9 中任意一个数。
- b 为 0、1、2、3、4、5、6、7、8、9 中任意一个数。
- c 为 0、1、2、3、4、5、6、7、8、9 中任意一个数。

由梨："嗯，我懂了。"

我："你可以接受 n 为 $100a+10b+c$ 的表示方式吗？"

由梨："没问题。"

1.5 用数学式表达数学概念

我："现在你习惯 $n=100a+10b+c$ 的数学式写法了吗？这样做可以练习'用数学式表达数学概念'。"

由梨："抱歉，我还是没办法马上……你说什么？"

我："用数学式表达数学概念。'数学概念'是以数学的形式去说明‘数学的主张或题目’。例如，设 n 为整数，且 $0 \leq n <$ 1000。写数学证明要在脑海中，将某个数学概念转换成数学式，把自己的想法转换成数学式。"

由梨："数学概念啊……"

我："刚才我想以数学式表示‘设 n 为整数，且 $0 \leq n < 1000$’的数学概念，所以将每一位数的数字用 a、b、c 表示，写成 $100a+10b+c$。"

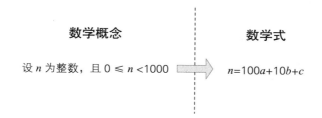

数学概念 ┊ **数学式**

设 n 为整数，且 $0 \leq n <1000$ ⟹ $n=100a+10b+c$

由梨："数学概念啊……听起来很帅呢，哥哥！"

由梨的栗色头发闪耀金色光芒。

我："话说回来，如果不知道 n、A_n、a、b、c 等符号表示什么意思，很难理解数学式的意义。但循序渐进地理解每个符号的意思，你会发现数学式其实一点儿也不可怕。"

由梨："啊，我从来没有说‘数学式很可怕’啊！我只是觉得……有点儿麻烦啦！"

我："是吗?"

由梨："然后呢? 接下来该怎么做，开始证明吗?"

我："接着，我们要用数学式表示'n 的各位数总和'，你知道怎么做吗？"

由梨："很简单啊！ $A_n = a + b + c$。"

设 A_n 为 n 的各位数总和，则 A_n 可表示为：

$$A_n = a + b + c$$

我："没错。我们刚才将 a、b、c 定义为 n 的各位数，因此，各位数相加的总和 A_n，用数学式表示为 $A_n = a + b + c$。"

由梨："数学式这玩意儿真简单！"

我："你怎么突然说话老气横秋啦？"

由梨："接下来呢？"

我："我们整理一下思绪吧。"

"设 n 为整数，且 $0 \leqslant n < 1000$"可以表示为：

$$n = 100a + 10b + c$$

"各位数总和 A_n"可以表示为：

$$A_n = a + b + c$$

由梨："嗯。到这里我都懂，没问题。"

我："我们要证明的事项是……"

要证明的事项

设 n 为整数，且 $0 \leqslant n < 1000$（$n=0$、1、2……998、999）。

设 A_n 为 n 的"各位数总和"，则有以下规则成立：

① 若 A_n 是 3 的倍数，则 n 是 3 的倍数；

② 若 A_n 不是 3 的倍数，则 n 不是 3 的倍数。

由梨："嗯，没错。"

1.6　相信数学式的力量，继续向前

我："将我们要证明的事项用数学式表示。"

① 若 $a+b+c$ 是 3 的倍数，则 $100a+10b+c$ 是 3 的倍数；

② 若 $a+b+c$ 不是 3 的倍数，则 $100a+10b+c$ 不是 3 的倍数。

由梨："哦……"

我："接下来，我们只需尽可能地从 $100a+10b+c$ 的算式中，提出 3 的倍数。"

由梨："提出 3 的倍数？"

我："是啊，按照以下步骤。"

$$100a+10b+c=99a+a+10b+c$$ 把 $100a$ 拆成 $99a+a$

$$=3\times33a+a+10b+c$$ 把 $99a$ 拆成 $3\times33a$

$$=3\times33a+a+9b+b+c$$ 把 $10b$ 拆成 $9b+b$

$$=3\times33a+a+3\times3b+b+c$$ 把 $9b$ 拆成 $3\times3b$

$$=3\times33a+3\times3b+a+b+c$$ 改变加法的顺序

$$=3\times(33a+3b)+a+b+c$$ 提出 3

$$100a+10b+c=3\times(33a+3b)+a+b+c$$ 完成

我："懂了吧？"

由梨："好麻烦！为什么要把 $100a$ 拆成 $3\times33a+a$ ？"

我："因为我们要尽可能地提出 3 的倍数啊！"

由梨："所以说，到底为什么要这么做呢？"

我："为什么啊……你看看最后所得的式子。"

$$100a+10b+c=3\times(33a+3b)+a+b+c$$

由梨："我看不出个所以然。"

我："把顺序改成这样，应该容易看得出来吧？"

$$100a+10b+c=a+b+c+3\times(33a+3b)$$

由梨："我还是不懂。"

我："你仔细看 $3\times(33a+3b)$，是 3 的倍数吧？"

由梨："嗯，没错，因为乘了 3。"

我："观察等式的右边，正好是 $a+b+c$ 再加上一个 3 的倍数。"

$$100a+10b+c = a+b+c+\underbrace{3\times(33a+3b)}_{\text{3的倍数}}$$

由梨："所以呢?"

我："某数加上 3 的倍数，并不影响它是否为 3 的倍数。$100a+10b+c$ 可以拆成 $a+b+c$ 再加上一个 3 的倍数。因此，可能的状况只有两种：$100a+10b+c$ 与 $a+b+c$ 都是 3 的倍数或都不是 3 的倍数。"

由梨："啊，这是刚才讲过的……"

我："证明完毕，要判断某数是否为 3 的倍数，只需判断各位数总和是否为 3 的倍数。"

证明完毕的事项

设 n 为整数，且 $0 \leqslant n < 1000$（$n=0$、1、2……998、999）。

设 A_n 为 n 的"各位数总和"，则有以下规则成立：

① 若 A_n 是 3 的倍数，则 n 是 3 的倍数；

② 若 A_n 不是 3 的倍数，则 n 不是 3 的倍数。

我："如此一来，小于 1000 的 3 的倍数判别法证明完成。接下来，我们来试试更一般化的证明吧，数学有趣的地方现在才开始，听好了。"

由梨: "哥哥, 等一下。"

我: "哎呀, 怎么了?"

由梨: "哥哥, 刚才你写的证明我都懂了, 不过, 我还是不太能接
　　　受, 总觉得有个地方不太懂。"

我: "你指的是什么呢?"

由梨: "就是刚才说的那个……"

某数加上 3 的倍数, 并不影响它是否为 3 的倍数。

我: "嗯?"

由梨: "这个地方我无法接受。"

我: "原来如此, 那我好好说明这个地方吧。"

由梨: "嗯。"

1.7　考虑余数

我: "我把你无法接受的地方写出来吧。"

由梨的疑问

设 n 为大于或等于 0 的整数（$n=0$、1、2、3……）。

① 若 n 为 3 的倍数，则 n 加上另一个 3 的倍数，仍是 3 的倍数；

② 若 n 不为 3 的倍数，则 n 加上一个 3 的倍数，仍不是 3 的倍数。

由梨："嗯，正是如此。我知道这是对的，但我无法'瞬间了解'。"

我："你想想除以 3 的余数吧。"

由梨："余数，除以 3 的余数？"

我："没错，就是余数。n 除以 3，余数有 3 种可能吧？即 0、1 与 2。"

由梨："'余数为 0'是指'没有余数'，一般把这种情况称为'整除'吧？"

我："是啊，一般会这么说。总之，除以 3 有 3 种可能。"

由梨："嗯。"

我："我们用图来表示这些可能的情况吧。"

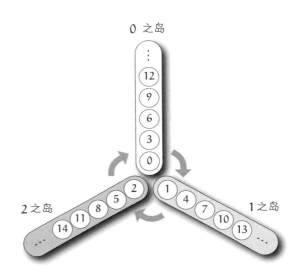

由梨: "这是什么啊?"

我: "先画 3 座 '岛', 分别命名为 0 之岛、1 之岛、2 之岛。再将 0、1、2、3 等数按照以下方式, 放入这些岛。"

- 除以 3, 余数为 0 的数, 放入 0 之岛。
- 除以 3, 余数为 1 的数, 放入 1 之岛。
- 除以 3, 余数为 2 的数, 放入 2 之岛。

由梨: "哦……"

我: "如此一来, 0 被放入 0 之岛, 1 被放入 1 之岛, 2 被放入 2 之岛。"

由梨: "嗯。"

我："3 被放入哪座岛呢？没有 3 之岛哦！"

由梨："3 被放入 0 之岛，因为 3 除以 3 的余数是 0。"

我："没错，3 被放入 0 之岛，4 被放入 1 之岛，5 被放入 2 之岛……"

由梨："我知道了，你不用再说了，就是从 0 之岛、1 之岛到 2 之岛，将数依序放入这 3 座岛，形成循环吧？"

我："没错。"

由梨："只要加 1，数就会跑到下一座岛。"

我："没错，按照箭头的方向循环，由图可知，一个数加 3，会留在原来的岛上。"

由梨："啊，真的呢！因为加了 3 次 1，所以会回到原来的岛。"

我："这样想即可'瞬间了解'。"

由梨："咦？对呢！'某数加上 3 的倍数'，虽然可能循环了好几圈，但还是会回到原来的岛。"

我："没错，加上 3 的倍数代表加了好几次 3。因为加上 3 的倍数，数仍会留在原来的岛，所以'不会影响它原本是否为 3 的倍数'。"

由梨："我完全明白。某数加上 3 的倍数，不会改变这个数是否为 3 的倍数的性质，加上 3 不会改变，加上 6 和 9 也不会……"

我："小于 1000 的数证明完毕。我刚才说要进行更一般化的证明吧？数学有趣的地方现在才开始，听好了。"

由梨："等一下，哥哥。"

我："哎呀，又怎么了？"

1.8 由梨的发现

由梨："我对 3 的倍数判别法还有些想法。"

我："嗯。"

由梨："哥哥刚才用 $100a+10b+c$ 和 $a+b+c$ 来证明 3 的倍数判别法，不过，我有办法把证明变得更简单呢！我灵光一闪想到的。"

我："咦，灵光一闪？"

由梨："要把各位数加起来，才能判断是否为 3 的倍数吧？"

我："是啊！"

由梨："0 是 3 的倍数，而且 0 依次加上 1，会形成以下循环：倍数→非倍数→非倍数→倍数→非倍数→非倍数→倍数……此循环适用于所有的位数。"

我："咦？我听不懂。你想表达什么呢？倍数、非倍数、非倍数……这代表什么呢？"

由梨："0 是 3 的倍数吧？"

我："是啊!"

由梨："但 1 不是 3 的倍数。"

我："嗯。"

由梨："2 也不是 3 的倍数。"

我："正是如此。"

由梨："所以，0、1、2 形成倍数→非倍数→非倍数的规律。"

我："啊，你是指这个啊! 连续 3 个数会出现一个 3 的倍数?"

由梨："不是这个意思啦!"

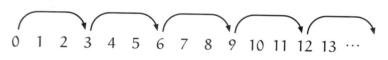

连续的数，每 3 个数会出现一个 3 的倍数

我："但是，我们现在讨论的是'3 的倍数判别法'呢!"

由梨："所以说，我刚才不是讲了吗? 仔细听啦! 每 3 个数会出现一个 3 的倍数。因为计算加法的过程中，需进位的 3 的倍数只有 9，所以 3 的倍数判别法只是个位数加 1 或十位数加 1 的问题。看吧，快速证明完毕。"

我："什么? 抱歉，由梨，我还是不懂你在说什么呢!"

由梨："咦，为什么你听不懂? 讨厌!"

　　由梨罕见地大喊。

　　她眼泛泪光，让我不知道该怎么办。

平时都是我耐着性子听由梨说，搞清楚她想表达什么，再替她整理，但这次我真的完全不知道她想表达什么。

由梨想表达的到底是什么呢？

1.9 由梨的说明

我："由梨，我会仔细听你说，你能不能慢慢地再说一遍呢？"

虽然由梨稍微闹了点儿别扭，但她还是又说明了一次。

由梨："我从 0 开始，照着顺序思考。"

我："嗯。"

由梨："若 $n=0$，就'会正确'吧？"

我："'会正确'……什么东西正确？"

由梨："烦呢！'n 的各位数总和 A_n 是 3 的倍数'可判定'n 为 3 的倍数'，n 若等于 0，则'会正确'啊！"

我："啊，原来如此。你是指……若 $n=0$，则 $A_n=0$，n 与 A_n 都是 3 的倍数。"

由梨："而且，从 0 开始依序加上去，1、2、3、4、5、6、7、8、到 9，A_n 和 n 每次都加 1，所以'n 是否为 3 的倍数'和'A_n 是否为 3 的倍数'的答案一致，因为 $A_n=n$。"

我："没错。"

由梨："因此，问题只剩下'进位'。我们只需注意进位。"

我："我大概知道你想表达什么了。"

由梨："只有'某位数的 9 加上 1'才会进位吧？"

我："是啊！"

由梨："若某位数加 1 而进位，9 会变成 0 吧？"

我："没错，某位数会从 9 变成 0。"

由梨："而且下一位数会加 1。"

我："没错，下一位数会由进位加 1。"

由梨："也就是说，各位数总和，会减 9 再加 1。"

我："原来如此。原来是这个意思，没错。若 n 加 1 会进位，则各位数总和会减 9 再加 1。以 $n=129$ 为例，各位数相加，总和是 $1+2+9=12$。n 加 1 会变成 130，这时各位数总和是 $1+3+0=4$。这个 4 也可以由'12 减 9 再加 1'求得，$12-9+1=4$。"

由梨："对。"

我："嗯，写成数学式⋯⋯"

$$A_{n+1}=A_n-9+1 \quad \text{仅进位一次}$$

由梨："咦⋯⋯对呢！而 99 变成 100 的情形，会进位好几次，即各位数总和会减好几次 9 再加 1，亦即减 9 的倍数再加 1。"

我："厉害，n 加 1，各位数总和便会减 9 的倍数，再加 1。"

$$A_{n+1} = A_n - 9m + 1 \quad m \text{ 为进位次数（} m = 0 \text{、} 1 \text{、} 2 \cdots \cdots \text{）}$$

由梨："没错。不过，即使减 9 的倍数，也不会改变此数是否为 3 的倍数的性质。以刚才讲的 3 座岛来思考，减 9 的倍数只是反方向绕好几圈，结果还是会回到同一座岛。"

我："没错。因为 9 的倍数一定是 3 的倍数啊！"

由梨："所以即使有进位，结果还是和加 1 的情形一样。"

我："原来如此。你这样想啊，真特别。"

由梨："所以，n 加 1 是不是 3 的倍数和 A_n 加 1 是不是 3 的倍数，是同一件事。"

由梨难掩兴奋，诉说着自己的"新发现"，连呼吸都变得急促，而我仔细思考由梨的发现。

我："由梨，这个发现很有价值哦！"

由梨："对吧？"

由梨的发现

若 n 以 0、1、2、3$\cdots\cdots$的顺序渐增，"n 的各位数总和 A_n，是否为 3 的倍数"与"n 本身是否为 3 的倍数"，永远会有一致的答案。

由梨："耶！"

由梨的心情变好了。

我："顺带一提，3 的倍数判别法和 9 的倍数判别法是一样的。"

由梨："老师上课说过。"

我："这样啊！"

由梨："对啊，你是指若某数'各位数总和为 9 的倍数'，此数即是'9 的倍数'吧？"

我："是啊，根据你的发现，进位是指'减 9 的倍数再加 1'，由此可知为什么 3 的倍数判别法和 9 的倍数判别法一样。"

由梨："没错。"

我："……嗯？"

我的心突然被什么东西敲了一下。

同时，客厅传来妈妈的声音。

妈妈："孩子们，要不要吃仙贝？"

由梨："好，我们马上过去。"

我："……"

由梨："哥哥快点，去吃仙贝吧。"

我被由梨拉着手腕，脑子不断运转。

"3 的倍数判别法"和"9 的倍数判别法"相同的原因，能以由梨的发现来推论。因为 3 和 9 都能整除 9，所以"3 的倍数判别法"和"9 的倍数判别法"相同。9 是此推论的关键，由于我们常用 10 进位来表示数。若将此推论一般化，n 进位的数会不会出现类似的情形呢？进位等于"减 $n-1$ 再加 1"，就是"能整除

$n-1$ 的倍数判别法"吧?

由梨: "哥哥,你在想什么?"

"即使不知道原理,也能用'判别法'。"

第 1 章的问题

若解不出来，随时可以参考解答。

但最好从头到尾靠自己的能力解题。

这样做，你会学得更多，更有效率。

——高德纳（Donald Ervin Knuth）

● 问题 1-1（判断是否为 3 的倍数）

请判断 (a)、(b)、(c) 是否为 3 的倍数。

(a) 123 456；

(b) 199 991；

(c) 111 111。

（解答在第 210 页）

● 问题 1-2（用数学式表示）

设 n 为偶数，且 $0 \leqslant n < 1000$。若将 n 的百位数、十位数、个位数分别用整数 a、b、c 来表示，则 a、b、c 有可能是哪些数呢？

（解答在第 211 页）

●问题 1−3（制作表格）

"我"想以下式计算 n 的各位数总和 A_n：

$$A_{316} = 3 + 1 + 6 = 10$$

请在下表的空白处，填入正确答案。

n	0	1	2	3	4	5	6	7	8	9
A_n										

n	10	11	12	13	14	15	16	17	18	19
A_n										

n	20	21	22	23	24	25	26	27	28	29
A_n										

n	30	31	32	33	34	35	36	37	38	39
A_n										

n	40	41	42	43	44	45	46	47	48	49
A_n										

n	50	51	52	53	54	55	56	57	58	59
A_n										

n	60	61	62	63	64	65	66	67	68	69
A_n										

n	70	71	72	73	74	75	76	77	78	79
A_n										

n	80	81	82	83	84	85	86	87	88	89
A_n										

n	90	91	92	93	94	95	96	97	98	99
A_n										

n	100	101	102	103	104	105	106	107	108	109
A_n										

（解答在第 214 页）

不被选而选出来的数

"你能在不做甜甜圈的情况下，做出甜甜圈中间的洞吗？"

2.1 在图书室

这里是学校的图书室。

已到了放学时间。

我的学妹，元气少女蒂蒂，正睁大双眼瞪着一本书。

我："蒂蒂，你看起来好像很困惑。"

蒂蒂："啊，学长。是吗……我看起来很困惑吗？真是抱歉。"

我："不，没关系，你不用道歉。让你困惑的是数学题目吗？"

蒂蒂："不是，是这本书介绍的埃拉托斯特尼筛法。"

我："是找素数的方法吧？"

蒂蒂："学长果然知道。"

我："是啊，与数学相关的书籍在谈到素数时，一定会提到'埃拉托斯特尼筛法'。"

蒂蒂："原来是这样……"

我："不过，我记得没有很困难啊……"

我一边说着一边靠近蒂蒂旁边的座位。

她总是散发着香甜的气息。

蒂蒂："这本书没有详细介绍，虽然它介绍了埃拉托斯特尼是位非常聪明的学者，但是没仔细说明埃拉托斯特尼筛法，只写了'按照顺序逐步消去倍数，会出现素数'，并附了一张表格……"

我："让我看看……的确如此，这样叙述读者根本不知道它想表达什么啊……其实这种方法一点儿也不难，我们一起来做做看吧？"

蒂蒂："好，麻烦学长。"

2.2　素数与合数

我："埃拉托斯特尼筛法……"

蒂蒂："学长，抱歉。在你开始说明之前，我可以跟你确认一件事吗？素数可以用这样的方式定义吗？"

> **素数的定义**
> 设一整数比 1 大，且除了 1 和本身，没有其他因子，此数称为素数。

我 : "嗯，可以。你举几个素数的例子吧。"

蒂蒂 : "好，首先是 2，再来是 3，还有 5、7、11，对吧?"

我 : "没错。"

蒂蒂 : "1 和 2 可以整除 2（2 的因子）。3 的因子有 1 和 3 ; 5 的因子有 1 和 5 ; 7 的因子有 1 和 7 ; 11 的因子有 1 和 11……"

我 : "没错，除了 1 和本身，没有其他因子，这个数就是素数。"

蒂蒂 : "是。"

我 : "你刚才跳过的 4、6、8、9、10……不是素数，而是合数。"

蒂蒂 : "合数，为什么要叫合数呢?"

我 : "因为合数'能够用 2 个及以上素数的乘积来表示'。数个素数相乘而形成的数，即是以素数合成的数，所以叫合数。"

蒂蒂 : "哦……"

合数的定义

能够用 2 个及以上素数的乘积来表示的数，称为合数。

我 : "把大于 1 的整数，用质因子分解的方式，写成素数的乘积，即可一目了然。"

2 = 2　　　　　2 是素数

3 = 3　　　　　3 是素数

4 = 2 × 2　　　4 是合数（素数 2 与素数 2 的乘积）

5＝5　　　　　5 是素数

6＝2×3　　　6 是合数（素数 2 与素数 3 的乘积）

7＝7　　　　　7 是素数

8＝2×2×2　8 是合数（素数 2、素数 2 与素数 2 的乘积）

9＝3×3　　　9 是合数（素数 3 与素数 3 的乘积）

10＝2×5　　10 是合数（素数 2 与素数 5 的乘积）

蒂蒂："合数能写成 4＝2×2 或 6＝2×3 这种素数相乘的形式。"

我："是啊，而且合数的因子一定有 3 个或以上。"

2 的因子（可整除 2 的数）有 1、2，共 2 个　　2 是素数

3 的因子有 1、3，共 2 个　　　　　　　　　　3 是素数

4 的因子有 1、2、4，共 3 个　　　　　　　　4 是合数

5 的因子有 1、5，共 2 个　　　　　　　　　　5 是素数

6 的因子有 1、2、3、6，共 4 个　　　　　　6 是合数

7 的因子有 1、7，共 2 个　　　　　　　　　　7 是素数

8 的因子有 1、2、4、8，共 4 个　　　　　　8 是合数

9 的因子有 1、3、9，共 3 个　　　　　　　　9 是合数

10 的因子有 1、2、5、10，共 4 个　　　　　10 是合数

蒂蒂："咦？ 1 怎么办呢？"

我："1 既不是素数也不是合数。"

蒂蒂："是吗？"

我："因为 1 没办法表示成素数的乘积，所以 1 不是合数。1 称为单位数。"

蒂蒂："单位数、素数和合数……"

我："此外，0 不是单位数，不是素数，也不是合数。"

蒂蒂："好复杂。"

我："整理一下，会变得很简单。大于 0 的整数（1、2、3……）可以分成单位数、素数与合数，既没有重复，也没有遗漏。"

---

0 及大于 0 的整数（1、2、3……）的分类

零	0												
单位数		1											
素数			2	3		5		7				11	…
合数					4		6		8	9	10		12	…

蒂蒂："既没有重复，也没有遗漏……"

我："如果从 0、1、2、3……这些数当中，把 0、单位数与合数都删掉，你觉得会剩下什么数？"

蒂蒂："我想想……啊，是素数。"

我："没错，剩下的是素数，这就是'埃拉托斯特尼筛法'。零（0）和单位数（1）可以马上删掉，接下来只需把合数删掉。通过删掉合数来找素数，是'埃拉托斯特尼筛法'的原理。"

蒂蒂："通过删掉合数来找素数……具体来说，要怎么做呢?"

我："以素数 2 为例，把 4、6、8、10 等大于 2 的'2 的倍数'删掉。"

蒂蒂："这样啊!"

我："我们实际运用'埃拉托斯特尼筛法'来找素数吧。"

蒂蒂："好。"

2.3 埃拉托斯特尼筛法

我："先制作 0 至 99 的整数表。"

蒂蒂："好。"

0	1	2	3	4	5	6	7	8	9
10	11	12	13	14	15	16	17	18	19
20	21	22	23	24	25	26	27	28	29
30	31	32	33	34	35	36	37	38	39
40	41	42	43	44	45	46	47	48	49
50	51	52	53	54	55	56	57	58	59
60	61	62	63	64	65	66	67	68	69
70	71	72	73	74	75	76	77	78	79
80	81	82	83	84	85	86	87	88	89
90	91	92	93	94	95	96	97	98	99

0 至 99 的整数

我："把零（0）和单位数（1）删掉。"

蒂蒂："这样子吗?"

删掉 0 和 1

我："没错，如此一来，表中已经没有小于下一个数（2）的数。2
除了 1 和本身（2），没有其他因子。换句话说，我们确认 2
是素数，把它圈起来吧。"

蒂蒂："把 2 圈起来……好，这是素数的记号。"

确认 2 是素数

我："接下来，把大于 2 的'2 的倍数'依序删掉。"

蒂蒂："要删掉 4、6、8、10、12、14、16、18……每隔一个数，
就删掉一个数呢!"

依序删掉大于 2 的"2 的倍数"

我："是啊，'删掉 2 的倍数'和'删掉可以被 2 整除的数'是相同的。"

蒂蒂："20、22、24、26……"

我："喂，蒂蒂。"

蒂蒂："28、30、32……"

我："蒂蒂。"

蒂蒂："……是，怎么了吗?"

我："'删掉 2 的倍数'和'删掉可以被 2 整除的数'指的其实是同一件事哦!"

蒂蒂："是啊，没错。"

我："'删掉可以被 2 整除的数'可视为'删掉拥有因子 2 的数'。"

蒂蒂："嗯，我知道。"

我："把大于 2 的'2 的倍数'删掉和把有因子 2 的合数删掉，是一样的意思哦!"

蒂蒂："真的呢……可以等一下再说这个吗? 因为我还没删完，我应该把有因子 2 的合数全部删掉。34、36……98，结束。"

我："终于删完了呢!"

蒂蒂："删完了，有因子 2 的合数，全部删光光!"

0̸	1̸	②	3	4̸	5	6̸	7	8̸	9
1̸0̸	11	1̸2̸	13	1̸4̸	15	1̸6̸	17	1̸8̸	19
2̸0̸	21	2̸2̸	23	2̸4̸	25	2̸6̸	27	2̸8̸	29
3̸0̸	31	3̸2̸	33	3̸4̸	35	3̸6̸	37	3̸8̸	39
4̸0̸	41	4̸2̸	43	4̸4̸	45	4̸6̸	47	4̸8̸	49
5̸0̸	51	5̸2̸	53	5̸4̸	55	5̸6̸	57	5̸8̸	59
6̸0̸	61	6̸2̸	63	6̸4̸	65	6̸6̸	67	6̸8̸	69
7̸0̸	71	7̸2̸	73	7̸4̸	75	7̸6̸	77	7̸8̸	79
8̸0̸	81	8̸2̸	83	8̸4̸	85	8̸6̸	87	8̸8̸	89
9̸0̸	91	9̸2̸	93	9̸4̸	95	9̸6̸	97	9̸8̸	99

把大于 2 的 "2 的倍数" 全删掉

我："因为没被删掉的数中，最小的是 3，所以 3 是下一个素数。"

蒂蒂："为什么你可以如此断定呢？"

我："若不考虑 1 和 3，只剩下 2 可能是 3 的因子吧？"

蒂蒂："是啊！"

我："因为我们刚才把大于 2 的 '2 的倍数' 都删掉，所以没被删掉的 3 不是 2 的倍数。"

蒂蒂："没错。"

我："由于 3 不是 2 的倍数，因此 2 也不是 3 的因子，故 3 除了 1 和自己，没有其他因子。"

蒂蒂："原来如此。"

我："3 除了 1 和自己，没有其他因子，符合素数的定义，所以 3

是素数。"

蒂蒂："我懂了，的确是这样。"

我："把 3 圈起来吧。"

蒂蒂："好，确认 3 是素数。"

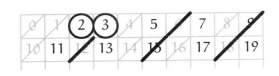

确认 3 是素数

我："接下来，把大于 3 的 '3 的倍数' 删掉吧。6、9、12、15、

18……"

蒂蒂："哦，原来如此，和刚才一样吧。咦？ 6 已经被删掉了呢！"

我："因为 6 也是 2 的倍数啊！"

蒂蒂："没错，为了保险起见，还是再删一次吧。"

依序删掉大于 3 的 "3 的倍数"

我："删掉 3 的倍数，会碰到一些已经被删掉的数，那些数其实

是 6 的倍数。而这些 6 的倍数的数是 2 的倍数，也是 3 的

倍数。"

蒂蒂："原来如此。我把大于 3 的'3 的倍数'全删掉了。"

把大于 2 的"2 的倍数"和大于 3 的"3 的倍数"全删掉

我："下一个还没被删掉的数是多少呢?"

蒂蒂："下一个还没被删掉的数是 5。"

我："没错。"

蒂蒂："由于用 2 或 3 都没办法把 5 删掉,因此 5 的因子只有 1 和
　　　自己。因为 5 的因子只有 1 和自己,所以 5 是素数。"

我："嗯,没错。虽然 4 也有可能是 5 的因子,但 4 是 2 的倍数,
　　　刚才已经被删掉了。如果 4 是 5 的因子,5 即是 4 的倍数,
　　　而若 4 被删掉,5 也会一起被删掉。因此,可以整除 5 的数,
　　　只有 1 和 5。"

蒂蒂："把 5 圈起来，开始删掉它的倍数吧，10、15、20、25······

啊，删掉的数刚好排成一列。"

确认 5 是素数，把大于 5 的"5 的倍数"依序删掉

我："这是因为一列有 10 个数，而 10 可以被 5 整除。"

蒂蒂："原来如此······好，我删掉最后的 95。"

把大于 5 的"5 的倍数"全删掉

我："下一个素数是……"

蒂蒂："是 7。接下来，把大于 7 的'7 的倍数'全删掉吧。"

把大于 7 的"7 的倍数"全删掉

我："再下一个数是 11。"

蒂蒂："好有趣，2、3、5、7、11 都是素数呢！咦？学长。"

我："怎么了？"

蒂蒂："11 的倍数 22、33、44、55、66、77、88、99 都已经被删掉了。太巧了！"

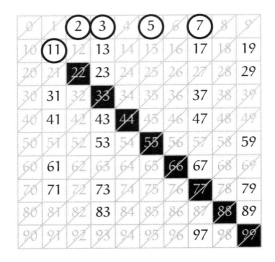

把大于 11 的"11 的倍数"全删掉

2.4 巧合?

我："不，蒂蒂，这不是巧合，这是因为 $11^2 > 99$。"

$$11^2 = 11 \times 11 = 121 > 99$$

蒂蒂："咦? 什么意思……"

我："大于 11 的'11 的倍数'，包括 11×2、11×3、11×4……"

蒂蒂："是。"

我："11×2 是 2 的倍数；11×3 是 3 的倍数；11×4 是 4 的倍数。"

蒂蒂："啊……"

我："因为 11 的倍数都可以写成 $11 \times n$ 的形式，所以它们是 11 的倍数，也是 n 的倍数。刚才你已经把 2 的倍数、3 的倍数、5 的倍数、7 的倍数全删掉了，并把 11 圈了起来。换句话说，小于 11 的数不是'被圈起来了'，就是'被删掉了'。"

蒂蒂："没错。"

我："所以，如果有某个比 11 大的'11 的倍数'，而且'还没被删掉'，则这个数可写成 $11 \times n$ 的形式，且 n 一定大于 11，因为小于 11 的数，已经全部处理完毕了。"

蒂蒂："我懂了。"

我："不过，若 $n > 11$，则 $11 \times n > 11 \times 11 = 121$，已经超出这张表的范围。所以这张表中，大于 11 的'11 的倍数'已经被全部删掉了。"

蒂蒂："咦？这么说来，证明结束了吗？"

我："结束了。圈完 11'还留着的数'都是素数。"

蒂蒂："我全部圈起来了。"

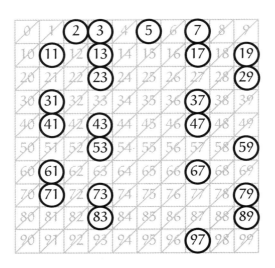

小于 11 的数处理完毕，剩下的数都是素数

我："蒂蒂，利用'埃拉托斯特尼筛法'找素数的过程到此为止。

圈起来的数是小于 99 的所有素数。"

蒂蒂："原来如此。"

我："我们整理一下'埃拉托斯特尼筛法'的重点吧。"

埃拉托斯特尼筛法（找素数的方法）

按照以下步骤，删掉零、单位数与合数，即可圈出小于或等于自然数 N 的所有素数。

步骤 1.　将 0 到 N 的所有整数，依序排入表中，删掉 0 和 1（即删掉零与单位数）。

步骤 2.　若还有数没被删掉，则在这些数中，圈出最小的 p（圈出来的 p 即为素数）。

　　　　若没有其他剩下的数，则到此结束。

步骤 3.　删掉所有大于素数 p 的"p 的倍数"（被删掉的数为合数，且有因子 p），然后回到步骤 2。

蒂蒂："好有趣。删掉 2 的倍数，删掉 3 的倍数……"

我："是啊！"

蒂蒂："再删掉 5 的倍数……啊！"

我："怎么了？"

蒂蒂："这确实是'筛选'呢！学长，等我一下。"

我："嗯？"

　　蒂蒂翻开她的"秘密笔记"，开始画一些图案。她一向很认真且全心投入学习，看似简单的问题她也不会轻易放过，积极地寻求解答。终于，她眨了眨圆溜溜的双眼，抬起头。

蒂蒂："学长，这就是'埃拉托斯特尼筛法'吧？"

我："嗯。"

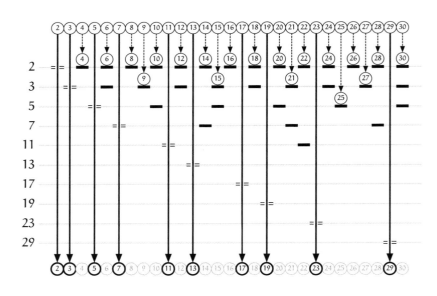

埃拉托斯特尼筛法

蒂蒂："我一直不了解为什么'埃拉托斯特尼筛法'要称作'筛法'。但由上图可知，这种方法的确是'筛选'。这种方法用好几个数'筛选'，慢慢把素数从一堆数中筛选出来。"

我："没错，蒂蒂，这张图很有意思。"

蒂蒂："删掉 2 的倍数，犹如 2 的倍数被'筛网'挡住。"

我："没错。"

蒂蒂："数被'筛网'挡住，就没办法成为素数。2 的倍数都被

'筛网'挡住，只剩奇数。3 的倍数的'筛网'，则把奇数的'3 的倍数'都挡住。"

我："这种表达方式很生动，9、15、21、27 的确都被挡住了。"

蒂蒂："每个素数，都有一层'筛网'。"

我："没错，你好厉害。"

蒂蒂："学长刚才教我的，也包含在这张图中。"

我："嗯?"

蒂蒂："我是指'因为 $11 \times 11 = 121 > 99$，所以剩下的数都是素数'。由于这张图只列到 30，因此只能以 $7 \times 7 = 49 > 30$ 为例。'7 的筛网'没有挡住任何数，7 的倍数都已被其他数挡住。"

我："蒂蒂，你理解得很快呀!"

蒂蒂："咦? 谢谢学长的称赞……"

蒂蒂红着脸，低下头。

我："这张图真有意思。"

蒂蒂："刚才学长说的'删掉零、单位数与合数，即可圈出小于或等于自然数 N 的所有素数'这句话，我终于懂了。'埃拉托斯特尼筛法'像'筛网'，把合数挡住，求素数。咦?"

我："怎么了?"

蒂蒂："我突然想到一个问题。"

我："什么问题?"

蒂蒂："'埃拉托斯特尼筛法'把合数删掉，来求素数，我们不能用比较直接的方法来求素数吗？"

我："直接？"

蒂蒂："是啊，有没有直接把素数一个一个挑出来的方法呢？"

我："你的问题相当值得思考，嗯……抱歉，我不知道。"

米尔迦："你们在做什么？"

2.5　米尔迦

蒂蒂："啊，米尔迦学姐。学姐来得正是时候。"

米尔迦留着黑色长发，能言善辩，相当擅长数学，像个领导者，带领我们探索数学的世界。她推了推金属框眼镜，看向我们的素数表。

米尔迦："是'埃拉托斯特尼筛法'啊！"

蒂蒂："是的。原来大家都知道这种方法呢！"

米尔迦："为什么你们把数排成这个样子呢？"

米尔迦指向我们的素数表。

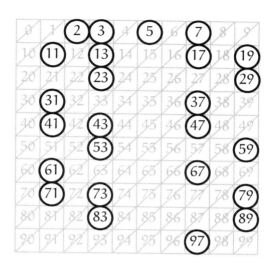

素数表

我："很奇怪吗，米尔迦？"

米尔迦："我只是想听你的理由，为什么要这样排列数呢？"

我："为什么啊……没有特别的理由呢！"

米尔迦："蒂蒂，你会怎么排列大于或等于 0 的整数呢？"

蒂蒂："我想想……我会排成一行。"

把数排成一行

米尔迦："这样排也不错。"

蒂蒂："不过，这样排必须准备非常大的笔记本。"

蒂蒂的双手往两边大幅张开。

我："大于或等于 0 的整数有无限多个，不管笔记本多大都不够用，还是必须在某处换行。"

米尔迦："但不一定要 10 个数一行。"

蒂蒂："啊！排成 2 个数一行会怎么样呢？"

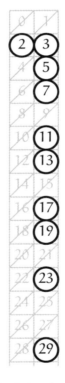

把数排成 2 个一行

米尔迦："嗯？"

蒂蒂："啊，我发现一件事。除了 2，所有素数都集中在右边那
　　　一列。"

我："这是理所当然的，除了 2，所有素数都是奇数。"

蒂蒂："我本来以为利用适当的换行方式，可以'挑出素数'。"

米尔迦："我们来挑挑看吧。"

蒂蒂："什么?"

米尔迦："我们挑出素数吧。"

我："咦?"

2.6　挑出素数

米尔迦把笔记本拿到自己面前。

我和蒂蒂待在她的两侧，看着她写下的数。

米尔迦："首先，把零（0）和单位数（1）排在一起。"

蒂蒂："跟刚才一样，2 个数排成一行吗?"

米尔迦："不太一样，我的数要往上排列。"

蒂蒂："往上吗?"

我："要往上排列，不是应该把 2 写在 0 的上面吗？"

米尔迦："如果我把 2 写在 0 的上面，画出来的表会变得和蒂蒂的
表一样吧？"

我："呃，没错。"

蒂蒂："接下来该怎么做呢？"

米尔迦："把 3 写在左边。"

蒂蒂："原来如此，写下一个数吧。4 要往上写吧？"

米尔迦："不。"

蒂蒂："咦？"

米尔迦："4 要写在左边。"

蒂蒂："格子凸出来了。"

我："下一个数，5 应该往上写吧？"

米尔迦："不，5 要往下写。"

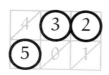

我："咦？"

蒂蒂："再下一个，6 是往左写吗？"

米尔迦："不，6 往下写。"

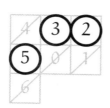

蒂蒂："右、上、左、左、下、下？→↑←←↓↓？"

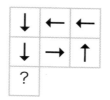

我："啊，我知道了。这是在绕圈吧，米尔迦？"

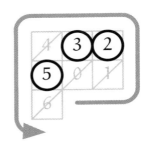

米尔迦："BINGO！"

米尔迦打了个响指，还向我眨眼。

蒂蒂："这样啊……"

我："所以 7、8、9 都是往右写?"

米尔迦："正是如此。"

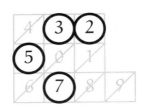

蒂蒂："接下来，10、11、12 都是往上写吗?"

米尔迦："没错。"

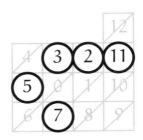

我："米尔迦，这样绕圈写数，会发生什么'有趣的事'吗?"

　　米尔迦抬起头，注视着我。

米尔迦："你要自己发现有趣的事呢，还是我来告诉你呢?"

我："好啦，说得也是，继续写吧。"

蒂蒂："下一个，嗯……16 之前的数都是往左写。"

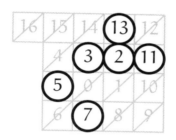

我："20 之前的数都是往下写。"

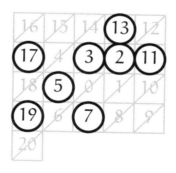

蒂蒂："接下来，25 之前的数都是往右写，哇!"

　　蒂蒂举起右手，兴奋地大力挥舞。

我："怎么了?"

米尔迦："你发现了吗？"

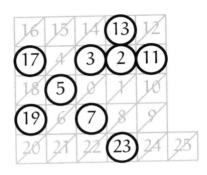

发现什么？

2.7　发现什么？

蒂蒂："我发现素数排成 X 的形状。"

米尔迦："哦……"

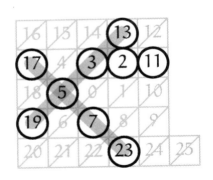

素数排成 X 的形状

我："因为除了 2，所有素数都是奇数，所以才会如此交错吗？
　　不，没这么简单吧？"

米尔迦："我们排到 30 吧。"

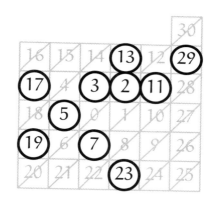

蒂蒂："快看，31 也是素数，排在 X 的队伍上。"

我："真的，好像素数本来就在那里待命一样……"

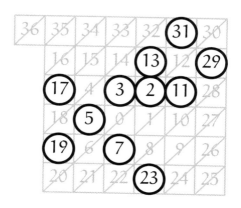

蒂蒂："与其说是排成 X，不如说是排成斜线。19、5、3、13、31

的斜线，以及 17、5、7、23 的斜线。"

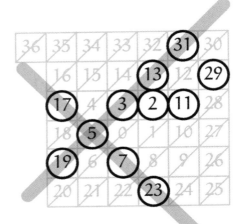

素数排成斜线

我："哦……"

米尔迦："接下来，一口气写到 81 吧。"

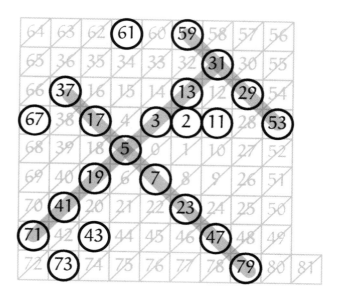

写到 81

蒂蒂："啊，57 和 65 不是素数，好可惜！这 2 个数为什么不是素数。"

我："的确，好可惜。"

米尔迦："再写到 99 吧。"

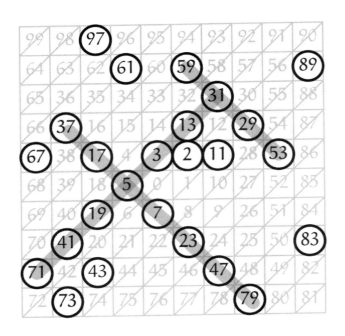

写到 99

蒂蒂："绕圈排列，竟然能挑出排成斜线的素数。"

米尔迦："没错，把大于或等于 0 的整数排成'螺旋状'，能观察

到多个素数排成斜线的样子，好玩吧？"

米尔迦推了推金属框眼镜。

蒂蒂："不可思议……刚才虽然利用'埃拉托斯特尼筛法'列出了

素数表，但仍然'看不出素数的规律'。这次是同样的素数

表，只是转换排列方式，却能'看出素数的规律'……"

2.8　乌拉姆螺旋

米尔迦："把大于或等于 0 的整数排成'螺旋状'，称为'乌拉姆
螺旋'。"

蒂蒂："还有名字啊!"

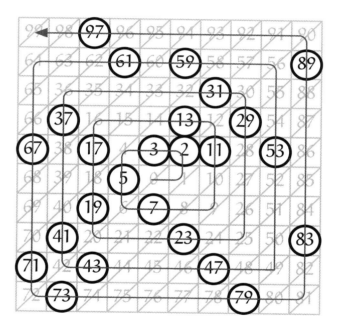

乌拉姆螺旋

米尔迦："乌拉姆（Ulam）是一位数学家的名字。1963 年，乌拉
姆抱着好玩的心态，把数排成螺旋状，无意间发现素数的排
列模式。"

蒂蒂："乌拉姆先生一定吓一大跳……"

我："我没听过这件事呢……"

蒂蒂："我想知道继续写下去会变成什么样，转啊转的……持续下去会得到什么图形呢？"

米尔迦："会得到下图。"

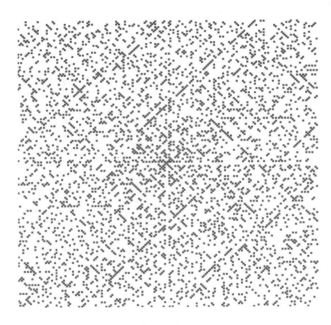

乌拉姆螺旋

蒂蒂："哇！看起来有些复杂，素数排成好多条斜线。到处都有斜线，而且还不只有斜线呢！"

我："厉害！"

蒂蒂:"图形真是厉害, 即使不知道原因, 也能看出'某种规律'。"

2.9　欧拉大师

我:"等一下, 能看出规律, 是否代表能写出算式呢?"

米尔迦:"你发现了, 其实有数学式能产生许多素数。例如, 欧拉
　　大师 1772 年提出的二次多项式 $n^2 - n + 41$, 能够产生相当多
　　的素数。勒让德提出了类似的算式, 称为欧拉素数多项式。"

$$P(n) = n^2 + n + 41$$

蒂蒂:"这个算式可以产生素数?"

米尔迦:"这个算式并不能产生所有素数。不过, 将 $n = 0$、1、2、
　　3……代入, 得到的结果大部分都是素数哦, 蒂蒂。"

蒂蒂:"我想试试看。嗯, 先代入 0, $P(0) = 0^2 + 0 + 41$, 得到 41,
　　的确是素数。"

我:" $P(1) = 1^2 + 1 + 41 = 43$ 。嗯, 43 是素数。"

蒂蒂:"我们多试几个吧。"

$P(n) = n^2 + n + 41$ 列表

n	$P(n)$		n	$P(n)$		n	$P(n)$		n	$P(n)$	
0	41	素数	25	691	素数	50	2591	素数	75	5741	素数
1	43	素数	26	743	素数	51	2693	素数	76	5893	合数
2	47	素数	27	797	素数	52	2797	素数	77	6047	素数
3	53	素数	28	853	素数	53	2903	素数	78	6203	素数
4	61	素数	29	911	素数	54	3011	素数	79	6361	素数
5	71	素数	30	971	素数	55	3121	素数	80	6521	素数
6	83	素数	31	1033	素数	56	3233	合数	81	6683	合数
7	97	素数	32	1097	素数	57	3347	素数	82	6847	合数
8	113	素数	33	1163	素数	58	3463	素数	83	7013	素数
9	131	素数	34	1231	素数	59	3581	素数	84	7181	合数
10	151	素数	35	1301	素数	60	3701	素数	85	7351	素数
11	173	素数	36	1373	素数	61	3823	素数	86	7523	素数
12	197	素数	37	1447	素数	62	3947	素数	87	7697	合数
13	223	素数	38	1523	素数	63	4073	素数	88	7873	素数
14	251	素数	39	1601	素数	64	4201	素数	89	8051	合数
15	281	素数	40	1681	合数	65	4331	合数	90	8231	素数
16	313	素数	41	1763	合数	66	4463	素数	91	8413	合数
17	347	素数	42	1847	素数	67	4597	素数	92	8597	素数
18	383	素数	43	1933	素数	68	4733	素数	93	8783	素数
19	421	素数	44	2021	合数	69	4871	素数	94	8971	素数
20	461	素数	45	2111	素数	70	5011	素数	95	9161	素数
21	503	素数	46	2203	素数	71	5153	素数	96	9353	合数
22	547	素数	47	2297	素数	72	5297	素数	97	9547	素数
23	593	素数	48	2393	素数	73	5443	素数	98	9743	素数
24	641	素数	49	2491	合数	74	5591	素数	99	9941	素数

蒂蒂:"哇……有好多素数。"

米尔迦:"将 $P(n) = n^2 + n + 41$ 所产生的素数与'乌拉姆螺旋'重叠,会得到下面这张图。"

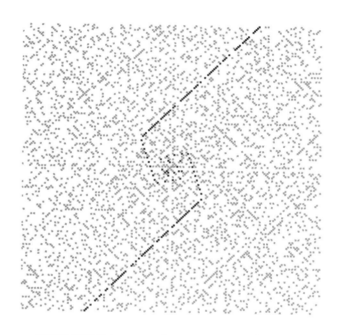

将乌拉姆螺旋与 $P(n) = n^2 + n + 41$ 所产生的素数重叠

我:"这些点代表 $P(n)$ 所产生的素数吧,可以看到斜线呢……"

蒂蒂:"这么短的算式居然可以产生这么多素数……"

我:"$P(n) = n^2 + n + 41$ 可以产生这么多素数,应该不是巧合吧?"

米尔迦:"这背后有整数论的根据,但不容易证明。"

我:"……"

米尔迦："有比较简单的解释方式，将大于或等于 0 的整数代入 n，$P(n) = n^2 + n + 41$ 所得的数值将无法被 2、3、5、7 等数整除。"

我："咦？"

米尔迦："这个证明呢……"

瑞谷老师："下课时间到了。"

时间一到，管理图书室的瑞谷老师立刻宣布下课。我们的数学对话到此告一段落。接下来，是我们个人的思考时间。

参考文献：David Wells, Prime Numbers (O'Reilly Japan).

"你能在不做甜甜圈的情况下，做出甜甜圈中间的洞吗？"

第 2 章的问题

●问题 2-1（素数）

请从下列选项中，选出正确的数学叙述。

(a) 91 是素数。

(b) 2 个素数的和为偶数。

(c) 大于或等于 2 的整数，若非合数，必为素数。

(d) 素数恰有 2 个因子。

(e) 合数有 3 个或以上的因子。

（解答在第 215 页）

●问题 2-2（埃拉托斯特尼筛法）

请利用埃拉托斯特尼筛法，求出小于 200 的所有素数。

（解答在第 216 页）

●问题 2-3（改良埃拉托斯特尼筛法）

第 47 页所描述的埃拉托斯特尼筛法的步骤，并没有利用
"若 $p^2 > N$，则剩下的数全是素数"的概念。现在，请你利用
这个概念，改良埃拉托斯特尼筛法的步骤。

（解答在第 218 页）

●问题 2-4（二次多项式 $n^2 + n + 41$）

证明：若 n 为大于或等于 0 的整数，则二次多项式 $P(n) = n^2 + n + 41$ 的值必为奇数。

（解答在第 219 页）

猜数魔术与 31 之谜

"不管是哪个数，只要你给我线索，我都可以猜中。"

3.1　我的房间

由梨："嘿！哥哥，眼睛闭起来。"

我："干什么？"

由梨："漂亮的女孩对你说'眼睛闭起来'，你要马上闭眼睛啦！"

我："哪有漂亮的女孩……好了，我闭。"

3.2　猜数魔术

由梨："锵锵！你的眼睛可以睁开了。"

16 17 18 19	8 9 10 11	4 5 6 7	2 3 6 7	1 3 5 7
20 21 22 23	12 13 14 15	12 13 14 15	10 11 14 15	9 11 13 15
24 25 26 27	24 25 26 27	20 21 22 23	18 19 22 23	17 19 21 23
28 29 30 31	28 29 30 31	28 29 30 31	26 27 30 31	25 27 29 31

我："这是什么卡片？"

由梨："我们即将展开由梨的'猜数魔术'。"

我："专业魔术师不会在表演前透露自己要表演什么魔术。"

由梨："不重要啦！别管那些，你好好听我说话。"

我："知道了，知道了，但是刚才你不需要叫我把眼睛闭起来吧?"

由梨："这是我的表演方式啦，表演方式!"

我："无所谓，总之，你要猜数吧?"

由梨："对。"

猜数魔术

我来猜猜看，你喜欢的日子是哪一天吧。

请你先想自己喜欢的日子是几月几日。

- 喜欢 2 月 14 日 → 14。
- 喜欢 3 月 16 日 → 16。
- 喜欢 12 月 24 日 → 24。

接着，把下列 5 张卡片中，"有那个数的卡片"都翻到正面。

"没有那个数的卡片"则翻到背面，盖起来。

16 17 18 19	8 9 10 11	4 5 6 7	2 3 6 7	1 3 5 7
20 21 22 23	12 13 14 15	12 13 14 15	10 11 14 15	9 11 13 15
24 25 26 27	24 25 26 27	20 21 22 23	18 19 22 23	17 19 21 23
28 29 30 31	28 29 30 31	28 29 30 31	26 27 30 31	25 27 29 31

我："抱歉，打扰一下，其实这个魔术……"

由梨："你想说'我知道这个魔术的原理'吗？"

我："是啊，我知道这个魔术的原理。"

由梨："哎呀！你应该假装不知道，露出惊讶的表情，真没礼貌。

　　你就是这样，总是不懂女人心。"

我："好，我知道了，我装作不知道吧。"

3.3　由梨的表演

由梨："你想好数了吗？不可以跟我说哦！"

我："我想好了，范围是 1 至 31 吧？"

由梨："没错，接下来请你把有那个数的卡片都翻到正面，其他的

　　卡片翻到背面。"

我："好，是这张和这张。"

是哪个数呢？

由梨："呵呵，这位男士，你的数是 12 吧？"

我："是啊！"

由梨："你很不会看气氛呢！这种情况，你应该说'哇，你好厉

害！你怎么知道！'并表现出惊讶的样子啊！"

我："哇，你好厉害！你怎么知道……"

由梨："我讨厌你。"

我："哈哈哈……能不能让我也表演一次呢？这次换你想一个数吧。"

由梨："咦？哥哥也会这个魔术吗？"

我："我知道原理啊！"

3.4 我的表演

由梨："好了，哥哥，我想好数了。"

我："接下来，请你把有那个数的卡片都翻到正面，其他的卡片翻到背面。"

由梨："我想想……这张和这张，还有这张。"

是哪个数呢？

我："呵呵，你的数是 21 吧？"

由梨："没错。"

我："你很不会看气氛呢！"

由梨："不要学我讲话啦!"

3.5 方法和原因

我："这个猜数魔术的'猜数方法'相当简单。"

由梨："嗯。只需把翻到正面的卡片中左上角的数全加起来。"

> **猜数方法**
>
> 将翻到正面的卡片中左上角的数全加起来,即是出题者所选的数。

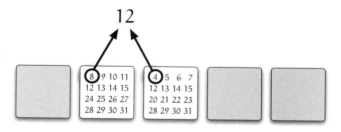

假设出题者选择 12

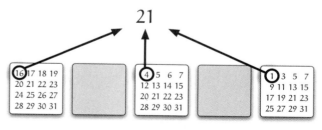

假设出题者选择 21

我："只要有这些卡片，即可掌握'猜数方法'，任何人都能表演这个魔术。"

由梨："你的说法很破坏兴致。"

我："对了，由梨，你知道'猜出数的原因'吗？"

由梨："咦？刚才不是说过了吗？把左上角的数加起来啊！"

我："那是'猜数方法'，你不知道'猜出数的原因'吗？"

由梨："方法和原因……一样吧？"

我："不，不一样。'猜出数的原因'是指'将卡片左上角的数全部加起来，能得到出题者所选择的数'的原因。重点是，为什么会这样？"

由梨："因为这是为猜数所设计的卡片呀！这不是原因吗？"

我："我换个方式说明吧。假设你手中的 5 张卡片突然消失，你有办法不参考其他数据，自己重新制作这 5 张卡片吗？"

16 17 18 19	8 9 10 11	4 5 6 7	2 3 6 7	1 3 5 7
20 21 22 23	12 13 14 15	12 13 14 15	10 11 14 15	9 11 13 15
24 25 26 27	24 25 26 27	20 21 22 23	18 19 22 23	17 19 21 23
28 29 30 31	28 29 30 31	28 29 30 31	26 27 30 31	25 27 29 31

能自己重新制作这 5 张卡片吗？

由梨："嗯，我没办法。不过，我可以再买一本附有这种卡片的杂志啊！"

我：“原来这是杂志附送的啊！总之，你没办法自己做出卡片，代表你不知道'猜出数的原因'。这样是不是有些无趣呢？”

由梨：“嗯，的确。”

我：“我们来想'猜出数的原因'吧。”

由梨：“好啊！”

我：“若你知道原因，说不定能表演更高水平的猜数魔术哦！”

由梨：“更高水平是什么意思？”

我：“用这 5 张卡片只能猜出 1 至 31 的数，增加卡片张数，则能猜出大于 31 的数。掌握'猜出数的原因'，你就办得到。”

由梨：“这样啊……哥哥，我本来以为这种魔术只能猜到 31，因为一个月最多有 31 天。”

我：“31 的确代表日期，设计这个猜数魔术的人利用了这一点，但 31 还有其他意义。知道'猜出数的原因'，即可解开卡片的谜题，等于解开'31 之谜'。”

由梨：“哥哥，快教我。”

我：“我直接把原理告诉你会很没意思，我们一起来想想看吧。”

由梨：“嗯。”

3.6　猜 1 至 1 的卡片

我：“我们先'尝试较小的数'吧。暂时不考虑'猜 1 至 31 的卡片'，先做做看'猜 1 至 1 的卡片'。"

由梨："猜 1 至 1……你在说什么啊？连猜都不用猜呀！"

我："别急，1 至 1 的猜数魔术，不需要用 5 张卡片，只需一张像
　　这样的卡片……"

猜 1 至 1 的卡片

由梨："一点儿意义也没有……"

我："先别急，总而言之，我们只需要一张写着 1 的卡片。接下
　　来，出题者听到'从 1 到 1，选一个你喜欢的数'，会把这张
　　卡片翻到正面。"

由梨："这样好怪哦！"

我："'考虑极端情形'的思考方式很重要。"

由梨："是吗？"

3.7　猜 1 至 2 的卡片

我："你能制作'猜 1 至 2 的卡片'吗？"

由梨："逐渐增加数吗？"

我："没错。"

由梨："这样对吗?"

猜 1 至 2 的卡片

我："没错,只需要写着 2 和写着 1 的卡片。"

由梨："可是,这只是把写好数的卡片给人看啊!魔术师不是在
'猜数',而是被'告知数'。"

我："哦,你真聪明。"

由梨："咦?"

我："你说得没错,魔术师是被出题者'告知数'。"

由梨："咦?所以接下来要做 1 至 3 的卡片吗?"

3.8　猜 1 至 3 的卡片

我："'猜 1 至 3 的卡片'该怎么制作呢?"

由梨："一样,让出题者告诉魔术师数,这 3 张。"

猜 1 至 3 的卡片

我："的确，把 3、2、1 写在不同的卡片上，一定能猜中出题者的数，但是……"

由梨："但是？"

我："但是，这样一点儿也不像魔术。我们不需要 3 张卡片，只需要这 2 张。"

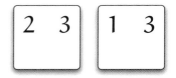

猜 1 至 3 的卡片

由梨："嗯？"

我："左边是写着 2 和 3 的卡片，右边是写着 1 和 3 的卡片。"

由梨："啊！加起来吗？"

我："没错，你的脑袋转得真快。如果出题者的数是 3，会有 2 张卡片翻到正面，魔术师只需把这 2 张卡片左上角的数加起来。"

由梨："2+1=3。"

我："没错，我们把出题者有可能选择的 3 种卡片都列出来吧。"

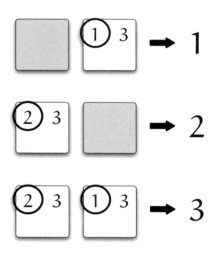

猜 "1 至 3" 的卡片选择方式

由梨："若有 2 张卡片翻到正面，代表出题者告诉魔术师，他想的
　　　数是 2+1，也就是 3。"

我："没错，这是个重要的发现。如果出题者想的是 1 或 2，会选
　　　择写着 1 或写着 2 的卡片。但如果是 3，则会选择 2 张卡片，
　　　以 2 和 1 的加总来表示 3。"

由梨："有点儿麻烦呢！我好像懂，又好像不懂。"

我："这是大发现出现之前的心情，我们继续吧。"

由梨："嗯，接着是'猜 1 至 4 的卡片'吧？"

我："没错。"

3.9 猜 1 至 4 的卡片

由梨："咦……'猜 1 至 4 的卡片'应该不只 2 张吧？因为 2 张卡片已经没有其他选择方式了。"

我："是啊，刚才我列出来的 2 张卡片只有 4 种选择方式，我们都用完了。"

由梨："4 种？不是只有 1、2、3，共 3 种吗？"

我："把 2 张卡片都盖起来也是一种选择方式哦，什么都不选也是一种选择。"

由梨："咦？全部盖起来，不选择数吗？"

我："不选卡片的情形，可当作出题者选择 0。"

由梨："为什么是 0 呢？"

我："因为没有卡片翻到正面，所以没办法加总任何数呀！"

由梨："原来如此。"

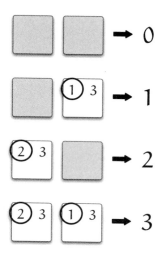

2 张卡片有 4 种选择方式

我："如此一来，4 种选择方式都用完，无法表达 4 这个数，所以
我们无法用 2 张卡片制作'猜 0 至 4 的卡片'。"

由梨："做 3 张卡片可以吧? 做一张写着 4 的新卡片。"

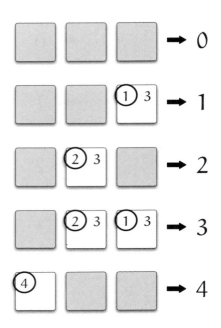

制作"猜 0 至 4 的卡片"

我："不错哦！"

由梨："咦？哥哥，我发现一件事。"

我："发现什么？"

由梨："用这 3 张卡片，可以猜更大的数哦，因为 4+1 是 5 啊！"

我："没错。"

由梨："啊，还可以猜更大的数哦！因为 4+2=6，而 4+2+1=7。"

我："哦……"

由梨："所以 4 的卡片要再写上 5，1 的卡片要再写上 5……4 的卡片要再写上 6……哇，越变越复杂啦！"

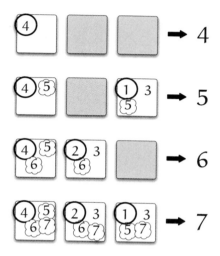

利用"猜 0 至 4 的卡片"能猜 5、6、7

我："没错。"

由梨："所以，利用 3 张卡片能猜 0 至 7 的数。"

我："我来帮你重写吧。"

由梨："不行，我来写。我想想……"

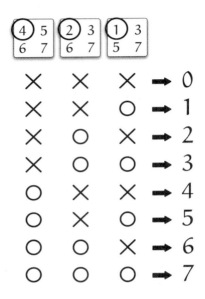

利用 3 张卡片能猜 0 至 7 的数（○表示正面，× 表示背面）

我："不错，很棒哦！"

由梨："最右边卡片上的数，1、3、5、7 都是奇数。"

我："是啊！"

由梨："如果出题者所选的数是 1、3、5 或 7，最右边的那张卡片

会是○。因此最右边那列会得到交错的排列模式：× ○ ×

○ × ○ × ○，由于是奇数。"

我："你的发现越来越多了。"

由梨："还没完呢！中间一列的卡片是 ×× ○○ ×× ○○，2 个为一组交错；最左边一列的卡片是 ×××× ○○○○，4 个为一组交错。"

我："嗯，你已经'找出排列模式'。"

由梨："排列模式？"

我："没错，找出排列模式即可预测接下来的发展，展开'因为这里是这样，所以那里大概会变成那样'的推理方式，而且这和'找出规则'息息相关哦！"

由梨："规则啊……"

3.10　增加到 4 张卡片

我："由梨，你知道用 3 张卡片，能猜 0 至 7 的数。但你知道卡片增加到 4 张，会发生什么事吗？"

由梨："会发生什么事，是什么意思？"

我："你有办法列出所有'用 4 张卡片猜数'的选择方式吗？此外，请你回答这些卡片能用来猜从 0 到多少的数，以及最左边的卡片是翻到正面还是背面……"

由梨："这个嘛……我觉得最左边的卡片，上半部分应该都是 ×，下半部分都是○。所有的选择方式应该是 8 的 2 倍，也就是 16 种吧？我全部写下来吧……啊，等一下再写卡片上的数，我先写该选择哪几张卡片。"

×	×	×	×	➡	0
×	×	×	○	➡	1
×	×	○	×	➡	2
×	×	○	○	➡	3
×	○	×	×	➡	4
×	○	×	○	➡	5
×	○	○	×	➡	6
×	○	○	○	➡	7
○	×	×	×	➡	8
○	×	×	○	➡	9
○	×	○	×	➡	10
○	×	○	○	➡	11
○	○	×	×	➡	12
○	○	×	○	➡	13
○	○	○	×	➡	14
○	○	○	○	➡	15

利用 4 张卡片能猜 0 至 15 的数（○表示正面，× 表示背面）

我："写得真快。"

由梨："因为排列模式很好预测。接下来，把显示○的数写在卡片
上，所以……等我一下。"

　　由梨在卡片上认真写数。栗色的马尾笼罩在窗外洒进来的阳
光中，散发着光芒。

由梨："完成了。"

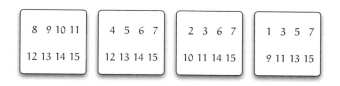

猜 0 至 15 的卡片

我："由梨，你注意到了吗？"

由梨："咦？"

我："刚才你靠自己的力量，做出 4 张卡片哦！"

由梨："嗯，我成功了。"

我："而且，刚才你拿的 5 张卡片当中，有 4 张卡片和现在这 4 张
卡片有部分吻合哦！"

由梨："啊，真的呢！好厉害。"

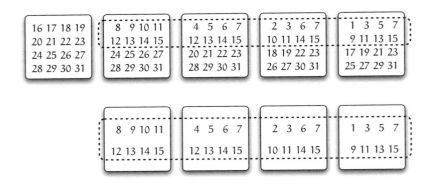

3.11 刚好吻合

我："由梨啊，我没告诉你'猜出数的原因'，让你先自己做这么多卡片，很好玩吧？"

由梨："嗯。"

我："这种心情和只知道'猜数方法'的心情，是不是不一样呢？"

由梨："不一样。我之前根本没注意每张卡片上面到底写了哪些数。"

我："嗯？"

由梨："不过，我依照哥哥的吩咐，把这些数都写下来，发现了很多事。例如，最右边的卡片写的都是奇数，我还发现了某种排列模式。"

我："是啊，自己亲手写，可以发现不少奥妙之处呢！"

由梨："这种猜数的卡片只需几张，即能包括许多数，让人准确地

猜中数。从一张卡片开始，到 2 张、3 张，能猜的数越来
越多。"

我："是啊，2 张卡片可以猜 0 至 3 的数；3 张卡片可以猜 0 至 7
的数。你的发现与单纯背下'猜数方法'很不同哦!"

由梨："嗯，不同……哥哥，我有种'刚好吻合'，相当舒畅的感
觉呢!"

我："刚好吻合是什么意思?"

由梨："3 张卡片能猜 0 至 7 的数吧?"

我："是啊!"

由梨："大于这个数就猜不出来，因为从 ×××× 到 ○○○○ 的所
有选择方式已用完，所以有'刚好吻合'的感觉……啊，我
不会说啦!"

我："不，我听得懂。你指的是使用 3 张卡片的可能情形吧?"

由梨："可能情形?"

我："是啊，3 张卡片可以猜 8 个数，这是因为 3 张卡片的选择方
式共有 8 种排列组合。"

由梨："嗯。"

我："'8 种选择方式'和'8 个数'互相对应，正如你说的'刚好
吻合'。不管是哪种选择方式，都有唯一的数与之对应；不
管是哪个数，都有唯一的选择方式与之对应。是这种一对一
的对应关系让你觉得舒畅吧?"

由梨："应该是吧。"

我："由梨，我们从'猜 1 至 1 的卡片'这种简单的问题开始，最后能发现这样的结果，是不是很有趣?"

由梨："嗯，超有趣!"

我："所以'从简单的部分入手'是相当重要的事。"

由梨："从简单的部分入手吗?"

我："是啊! 我们来想这种'猜数方法'有什么样的意义吧。例如，'加总左上角的数'代表什么意思，把它用于思考'31之谜'。"

由梨："好。"

3.12　0 至 31

我："做对照表就能相互对照'5 张卡片的摆法'与'0 至 31 的整数'，如下图所示。"

× × × × × ➡ 0
× × × × ○ ➡ 1
× × × ○ × ➡ 2
× × × ○ ○ ➡ 3
× × ○ × × ➡ 4
× × ○ × ○ ➡ 5
× × ○ ○ × ➡ 6
× × ○ ○ ○ ➡ 7
× ○ × × × ➡ 8
× ○ × × ○ ➡ 9
× ○ × ○ × ➡ 10
× ○ × ○ ○ ➡ 11
× ○ ○ × × ➡ 12
× ○ ○ × ○ ➡ 13
× ○ ○ ○ × ➡ 14
× ○ ○ ○ ○ ➡ 15
○ × × × × ➡ 16
○ × × × ○ ➡ 17
○ × × ○ × ➡ 18
○ × × ○ ○ ➡ 19
○ × ○ × × ➡ 20
○ × ○ × ○ ➡ 21
○ × ○ ○ × ➡ 22
○ × ○ ○ ○ ➡ 23
○ ○ × × × ➡ 24
○ ○ × × ○ ➡ 25
○ ○ × ○ × ➡ 26
○ ○ × ○ ○ ➡ 27
○ ○ ○ × × ➡ 28
○ ○ ○ × ○ ➡ 29
○ ○ ○ ○ × ➡ 30
○ ○ ○ ○ ○ ➡ 31

利用 5 张卡片能猜 0 至 31 的数（○表示正面，× 表示背面）

由梨："嗯。"

我："由表可知，我们可用'5 张卡片的摆法'，来表示 0 至 31 的整数。"

由梨："是，就像这张对照表嘛！"

我："其实，若你知道原理，不看这张对照表，也能马上知道 0 至 31 的整数分别对应哪种卡片摆法。"

由梨："看卡片就知道啦！"

我："不一定需要看卡片哦，你只需研究各张卡片'左上角的数'，此即'猜数所需加总的数'的由来。"

由梨："研究数听起来好帅。"

猜数魔术的 "猜数所需加总的数"

我："你看得出来这些数有什么特性吗？"

$$16 \qquad 8 \qquad 4 \qquad 2 \qquad 1$$

由梨："看得出来啊，都是偶数……不对，有 1 呢！"

我："这叫作 2 的乘幂。"

由梨："2 的乘幂?"

3.13　2 的乘幂

我："2 的乘幂是指乘了几次 2，亦即 2 的连乘次数。乘 n 次 2，
　　可写成 2^n。"

2 的乘幂

$$16 = \underbrace{2 \times 2 \times 2 \times 2}_{4 \uparrow} = 2^4$$

$$8 = \underbrace{2 \times 2 \times 2}_{3 \uparrow} = 2^3$$

$$4 = \underbrace{2 \times 2}_{2 \uparrow} = 2^2$$

$$2 = \underbrace{2}_{1 \uparrow} = 2^1$$

由梨："咦? 但是 1 没办法用 2 的连乘来表示吧?"

我："一般来说，我们会定义'2 乘 0 次'（2 的 0 次方）等于 1。"

由梨："定义?"

我："亦即'自行规定'。"

$$1 = 2^0$$

由梨："乘 0 次?"

我："定义 2^0 等于 1，你可以把它想成将 1 '乘以 0 个 2'，如下
　　所示。"

$$16 = 1 \times 2 \times 2 \times 2 \times 2 = 2^4 \quad （乘以 4 个 2）$$
$$8 = 1 \times 2 \times 2 \times 2 = 2^3 \quad （乘以 3 个 2）$$
$$4 = 1 \times 2 \times 2 = 2^2 \quad （乘以 2 个 2）$$
$$2 = 1 \times 2 = 2^1 \quad （乘以 1 个 2）$$
$$1 = 1 = 2^0 \quad （乘以 0 个 2）$$

由梨："哦……"

我："这个猜数魔术的关键在于 '2 的乘幂'。"

由梨："嗯。"

我："猜数魔术的重点在于，适当地将 16、8、4、2、1 依据不同
　　组合加总，即能表示 0 至 31 的任意整数。"

由梨："嗯……"

我："其实，我们可以通过计算得知将哪些卡片翻到正面能表示哪
　　个数。"

由梨："计算?"

3.14　通过计算，选择所需的卡片

我："重复数次用除法求余数的计算过程，即能得知哪些卡片翻到

正面能表示哪个数。"

由梨："一直计算除法吗?"

我："嗯，重复计算数次除法。以 21 为例，21 除以 2^4，也就是除以 16，商是 1，余数是 5 吧?"

由梨："商是指除法的答案吗?"

我："是，21 除以 16，'商 1 余 5'，1 就是商。"

$$21 \div 16 = 1 \cdots\cdots 5$$

由梨："嗯。"

我："接下来，'余数的 5' 再除以 2^3，也就是除以 8。如此重复数次用除法求余数的计算过程，留意商是多少。"

$$21 \div 16 = \boxed{1} \cdots\cdots 5$$

$$5 \div 8 = \boxed{0} \cdots\cdots 5$$

$$5 \div 4 = \boxed{1} \cdots\cdots 1$$

$$1 \div 2 = \boxed{0} \cdots\cdots 1$$

$$1 \div 1 = \boxed{1} \cdots\cdots 0$$

由梨："嗯，好麻烦。"

我："你从上往下，把商念出来。"

由梨："1、0、1、0、1 吗?"

我："利用卡片来表示 21，即是正面、背面、正面、背面、正面，
刚好和 1、0、1、0、1 的模式对应。"

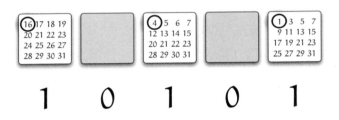

"正面与背面"和"1 与 0"对应（以 21 为例）

由梨："哦! 通过计算得知将哪些卡片翻到正面，能表示哪个数。
我想用其他的数试试看。"

我："用 12 试试看吧。"

由梨："嗯。"

$$12 \div 16 = \boxed{0} \cdots\cdots 12$$

$$12 \div 8 = \boxed{1} \cdots\cdots 4$$

$$4 \div 4 = \boxed{1} \cdots\cdots 0$$

$$0 \div 2 = \boxed{0} \cdots\cdots 0$$

$$0 \div 1 = \boxed{0} \cdots\cdots 0$$

我:"如何?"

由梨:"嗯,是 0、1、1、0、0,和卡片的背面、正面、正面、背面、背面吻合。"

"正面与背面"和"1 与 0"对应(以 12 为例)

我:"很有趣吧?"

由梨:"嗯,很有趣。不过,为什么商是 1 的卡片会是正面呢?"

我："如果某数除以 16 的商是 1，代表这个数的大小够减一次 16，但不够减第 2 次。'余数'指的是做完减法剩下的数。"

由梨："嗯……"

我："所以照着 16、8、4、2、1 的顺序，除以这些数，是在依序测试这个数够不够减 16，够不够减 8……直到 1，因此……"

由梨："等一下！虽然打断你的说明不太礼貌，但是我已经懂了。"

我："是吗？"

由梨："出现了好多鳄鱼。"

我："鳄鱼？"

3.15 鳄鱼登场

由梨："这里有很多大嘴巴的鳄鱼，依序把数吃掉。"

我："大嘴巴的鳄鱼？"

由梨："嗯，嘴巴的大小跟'2 的乘幂'一样。哥哥画图吧，帮我画嘴巴大小刚好是 16、8、4、2、1 的鳄鱼。从嘴巴最大的鳄鱼开始，依序吃掉数，吃剩的部分留给下一条鳄鱼继续吃。"

我："哈哈……原来如此，我大概知道你在说什么，是这样的图吧？"

$$2^4 = 16$$

$$2^3 = 8$$

$$2^2 = 4$$

$$2^1 = 2$$

$$2^0 = 1$$

鳄鱼嘴巴的大小是 "2 的乘幂"

由梨："哇，好丑！哥哥画得好糟，完全不像鳄鱼。"

我："因为是示意图……"

由梨："哇，完全不行！这个黑色的点是鼻子还是眼睛？"

我："总而言之，要把数丢给这些鳄鱼吃吧？"

由梨："没错，从最大的鳄鱼开始吃数，剩下的再传给下一条鳄鱼。照此方式持续下去。"

我："这想法蛮特别的……"

由梨："这种鳄鱼……喜欢用食物把嘴巴塞得满满的，如果把比嘴巴小的数丢给它，它会把数传给下一条鳄鱼。以 21 为例，只有 16、4、1 这 3 条鳄鱼会'吃一口'数。"

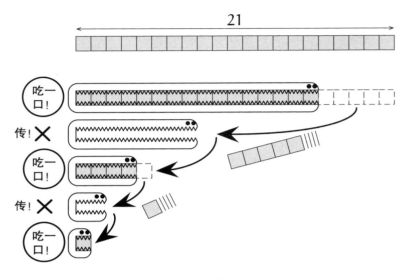

3 条鳄鱼吃掉 21

由梨："因为只有 16、4、1 这 3 条鳄鱼的嘴巴能塞满数，所以把这 3 个吃掉的数组合起来，能得到原来的 21。"

$$16+4+1=21$$

我："没错，你的想法完全正确。"

由梨："把 12 丢给鳄鱼，只有 8 和 4 这 2 条鳄鱼会吃数。"

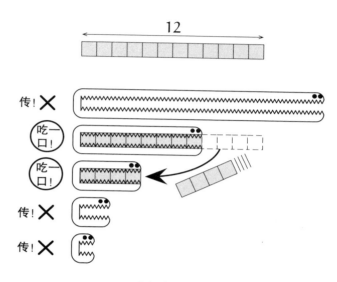

2 条鳄鱼吃掉 12

我："多亏你能想到这种有趣的说明方式。"

由梨："没有啦，比不上哥哥画的图有趣。"

我："哦……"

由梨："哥哥，用'2 的乘幂'来思考，真的很有趣。"

3.16　31 之谜

我："鳄鱼也可以说明'31 之谜'哦!"

由梨："'31 之谜'是什么?"

我："你可以用'5 张卡片'来猜'0 至 31 的任意整数'吧?"

由梨："嗯。"

我："这里出现的 31 是什么意思呢？"

由梨："啊，是 5 条鳄鱼都'吃一口'的数。"

我："没错，31 是 5 张卡片全翻到正面所表示的数。"

$$31 = 16 + 8 + 4 + 2 + 1$$

由梨："嗯。"

我："另外，31 也可以表示成数学式 $2^5 - 1$ 。"

$$31 = 2^5 - 1$$

由梨："$2^5 - 1$ ？"

我："嗯，$2^5 = 2 \times 2 \times 2 \times 2 \times 2 = 32$，要表示 32，则需要左上角写着 32 的'第 6 张卡片'。因为只有 5 张卡片没办法表示 2^5，所以 $2^5 - 1$ 是 5 张卡片所能表示的最大数。"

由梨："原来如此。"

我："写出数 31，无法得知有什么意义。但'写成式子'，例如 $2^5 - 1$ ，即可得知 $2^5 - 1$ 的 5 代表'卡片张数'，亦即若有 n 张卡片，则猜数魔术可以猜到的最大的数是 $2^n - 1$ ，以此类推……"

$2^1 - 1$	=	1	1 张卡片可猜到的最大的数
$2^2 - 1$	=	3	2 张卡片可猜到的最大的数
$2^3 - 1$	=	7	3 张卡片可猜到的最大的数

$$2^4 - 1 \quad = \quad 15 \qquad 4 \text{ 张卡片可猜到的最大的数}$$

$$2^5 - 1 \quad = \quad 31 \qquad 5 \text{ 张卡片可猜到的最大的数}$$

$$2^6 - 1 \quad = \quad 63 \qquad 6 \text{ 张卡片可猜到的最大的数}$$

$$2^7 - 1 \quad = \quad 127 \qquad 7 \text{ 张卡片可猜到的最大的数}$$

$$2^8 - 1 \quad = \quad 255 \qquad 8 \text{ 张卡片可猜到的最大的数}$$

$$2^9 - 1 \quad = \quad 511 \qquad 9 \text{ 张卡片可猜到的最大的数}$$

$$2^{10} - 1 \quad = \quad 1023 \qquad 10 \text{ 张卡片可猜到的最大的数}$$

$$\vdots$$

$$2^n - 1 \quad = \quad 2^n - 1 \qquad n \text{ 张卡片可猜到的最大的数}$$

由梨:"10 张卡片能猜到 1023。"

3.17　2 至 10

我:"对了,由梨,其实我们一直都在使用'10 的乘幂'哦!"

由梨:"10 的乘幂?"

我:"没错,就是 10^n,而 $n = 0$、1、2、3、4……"

$$10^0 \quad = \quad 1$$

$$10^1 \quad = \quad 10$$

$$10^2 \quad = \quad 100$$

$$10^3 \quad = \quad 1000$$

$$10^4 \quad = \quad 10\ 000$$

$$\vdots$$

$$10^n \quad = \quad \underbrace{1000\cdots00}_{n\text{个}}$$

由梨："个、十、百、千、万……哦，就是计算位数嘛！"

我："没错，我们平常计算数，所用的即是 10 的乘幂，因此称为十进制。"

由梨："啊，我听过这个。"

我："数学课上讲过吧？"

由梨："好像讲过。"

我："十进制是把数表示成'10 的乘幂'的加总。"

由梨："哦……"

我："例如，7038 可以用十进制表示成'7 个 1000、0 个 100、3 个 10、8 个 1 的总和'。"

由梨："哇，太麻烦了吧！"

我："写成算式……"

$$7038 = \boxed{7} \times 1000 + \boxed{0} \times 100 + \boxed{3} \times 10 + \boxed{8} \times 1$$

由梨："原来如此。"

我："当然也可以写成这样。"

$$7038 = \boxed{7} \times 10^3 + \boxed{0} \times 10^2 + \boxed{3} \times 10^1 + \boxed{8} \times 10^0$$

由梨："嗯。"

我："卡片的猜数魔术，则是利用'2 的乘幂'，亦即二进制。"

由梨："二进制？"

我："举例来说，12 可以用二进制表示成'0 个 16、1 个 8、1 个
4、0 个 2、0 个 1 的总和'。"

$$12 = \boxed{0} \times 16 + \boxed{1} \times 8 + \boxed{1} \times 4 + \boxed{0} \times 2 + \boxed{0} \times 1$$

由梨："啊，这和刚才的 0、1、1、0、0 一样。"

我："写成乘幂的形式。"

$$12 = \boxed{0} \times 2^4 + \boxed{1} \times 2^3 + \boxed{1} \times 2^2 + \boxed{0} \times 2^1 + \boxed{0} \times 2^0$$

由梨："嗯。"

我："虽然十进制和二进制所用的乘幂不一样，但式子的形式很
像吧？"

由梨："对。"

我："十进制是把'10 的乘幂'的各项合起来看；二进制是把'2
的乘幂'的各项合起来看。十进制的各位数皆为 0 至 9 的
数，共有 10 种可能；二进制的各位数皆为 0 或 1，共有 2 种
可能。因此二进制可以用于猜数魔术。"

由梨："咦？为什么二进制可以用于猜数魔术呢？"

我："因为各位数都有 0 和 1 这 2 种可能，而卡片也有正面和背面

2 种可能。翻到背面代表 0，翻到正面代表 1。正面和背面对应 1 和 0，猜数魔术利用这种对应关系运作。"

由梨："原来如此。卡片的正面和背面样式，与二进制的数一样啊！"

我："是啊，用二进制来表示 12，即 01100，刚好和卡片的'背面（0）、正面（1）、正面（1）、背面（0）、背面（0）'对应。"

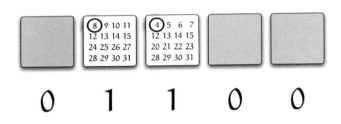

"正面与背面"和"1 与 0"对应（以二进制表示 12）

由梨："哦！"

我："所以将写有某数的卡片翻到正面，就是将那个数以二进制表示。这是猜数魔术'猜出数的原因'。"

由梨："我懂了。"

猜出数的原因

把背面当作 0，正面当作 1，则卡片的顺序就是数的二进制表示法。

我："你翻到正面的卡片是在告诉魔术师，以二进制表示的数。"

由梨："原来如此。"

妈妈："孩子们，要不要吃松饼？"

由梨："要，我要吃松饼。"

　　从厨房传来妈妈的声音，我和由梨往客厅移动。妈妈做的松饼就由我和由梨代替鳄鱼，一口一口吃下肚吧。

　　"不管是哪个数，只要你给我线索，我都可以猜中。"

附录 1：二进制与十进制一览表

00000	0	01000	8	10000	16	11000	24
00001	1	01001	9	10001	17	11001	25
00010	2	01010	10	10010	18	11010	26
00011	3	01011	11	10011	19	11011	27
00100	4	01100	12	10100	20	11100	28
00101	5	01101	13	10101	21	11101	29
00110	6	01110	14	10110	22	11110	30
00111	7	01111	15	10111	23	11111	31

附录 2：以二进制数数看

00000 ⬜ 0	01000 ⬜ 8	10000 ⬜ 16	11000 ⬜ 24
00001 ⬜ 1	01001 ⬜ 9	10001 ⬜ 17	11001 ⬜ 25
00010 ⬜ 2	01010 ⬜ 10	10010 ⬜ 18	11010 ⬜ 26
00011 ⬜ 3	01011 ⬜ 11	10011 ⬜ 19	11011 ⬜ 27
00100 ⬜ 4	01100 ⬜ 12	10100 ⬜ 20	11100 ⬜ 28
00101 ⬜ 5	01101 ⬜ 13	10101 ⬜ 21	11101 ⬜ 29
00110 ⬜ 6	01110 ⬜ 14	10110 ⬜ 22	11110 ⬜ 30
00111 ⬜ 7	01111 ⬜ 15	10111 ⬜ 23	11111 ⬜ 31

第 3 章的问题

●问题 3-1（用卡片表示）

用本章的 5 张猜数卡片来表示 25 吧。请写出那些被翻到正面的卡片中左上角的数是多少。

（解答在第 220 页）

●问题 3-2（卡片上的数）

本章的 5 张猜数卡片中，有一张卡片左上角的数是 2。请写出这张卡片上的所有数。（不要看前文，试着自己回答。）

```
2  ?  ?  ?
?  ?  ?  ?
?  ?  ?  ?
?  ?  ?  ?
```

（解答在第 221 页）

●问题 3-3（4 的倍数）

你能够在本章的 5 张猜数卡片一字排开时，一眼看出"出题者选的数是不是 4 的倍数"吗？假设 5 张猜数卡片左上角的数由左至右依序为 16、8、4、2、1，请问：此数是否为 4 的倍数？

（解答在第 222 页）

●问题 3-4（正面与背面交换）

以本章的 5 张猜数卡片来表示某数 N，再把这 5 张卡片的正面与背面交换（把本来翻到正面的卡片翻到背面，反之亦然）。此时，这 5 张卡片表示的是什么数呢？请用 N 来表示。

（解答在第 223 页）

●问题 3-5（n 张卡片）

本章的 5 张猜数卡片上都写着 16 个数。如果使用 n 张猜数卡片，卡片上应写几个数呢？

（解答在第 223 页）

数学归纳法

"随时想着要'往前一步',就能抵达目的地。"

4.1 在图书室

这里是高中的图书室,现在是放学时间。

我很喜欢图书室,放学后经常待在图书室。

在这里,我几乎都在思考,有时会写算式,有时什么也不写,只在脑海中想。这种不用在乎时间流逝,能尽情思考的感觉很棒。

我沉浸于思考,蒂蒂来到我身边。

4.2 蒂蒂

蒂蒂:"学长,学科能力测验 ① 好像会出数学归纳法的题目。"

---

① 原文为"センター試験",由日本文部科学省于每年一月举办,参加者主要是即将毕业的高中生,成绩是申请大学的参考,类似中国台湾的"学科能力测试"。——译者注

我："是啊！"

蒂蒂："好像很困难……"

我："虽然数学归纳法看起来很困难，但抛弃成见，仔细思考每个
　　步骤并了解原理，你会发现其实没那么难。"

蒂蒂："这样啊……那么……"

我："嗯？"

蒂蒂："如果学长有时间，能不能教我数学归纳法呢？"

我："好啊，我们一起来解相关的问题吧。"

蒂蒂："好。"

　　我们找来图书室已有的入学相关书籍，发现了需要用到数学
归纳法的问题。这是某年日本大学入学学科能力测验题目（该题
目比较长，为了便于理解，我们拆分成题目1、题目2、题目3
进行讲解）。

我："题目3的第（2）小题会用到数学归纳法哦！"

蒂蒂："是。"

我："题目3有第（1）小题和第（2）小题，2小题都是数列的问
　　题。我看看……第（1）小题的答案和第（2）小题的解题过
　　程没有关系，我们只看第（2）小题吧。"

蒂蒂："嗯，拜托学长。"

我："把题目读一遍吧。"

　　于是，我和蒂蒂开始用学科能力测验的题目来研究数学归纳法。

4.3　题目 1

题目 1

正数组成的数列 $\{a_n\}$，从首项到第 3 项分别是 $a_1=3$，$a_2=3$，$a_3=3$，且对于所有自然数 n 而言，满足以下式子：

$$a_{n+3} = \frac{a_n + a_{n+1}}{a_{n+2}} \qquad ①$$

数列 $\{b_n\}$、$\{c_n\}$ 对于所有自然数 n 而言，满足 $b_n = a_{2n-1}$，$c_n = a_{2n}$，求数列 $\{b_n\}$、$\{c_n\}$ 的一般项。

由①可得：

$$a_4 = \frac{a_1 + a_2}{a_3} = q，\quad a_5 = 3，\quad a_6 = \frac{u}{v}，\quad a_7 = 3$$

因为 $b_n = a_{2n-1}$，所以 $b_1 = b_2 = b_3 = b_4 = 3$，从而推出：

$$b_n = 3（n=1、2、3\cdots\cdots） \qquad ②$$

由于 $b_1=3$，因此要说明②，只需说明，对于所有自然数 n 而言，以下恒等式成立：

$$b_{n+1} = b_n \qquad ③$$

而这个等式……

（下接第 135 页的题目 2）

蒂蒂："可以等一下吗？学长，我的脑袋快装不下了。"

我："抱歉，我们不要一次看那么多，一句一句说明题目吧。"

蒂蒂："这题目又长又复杂……"

我："试卷出现一大串题目，会让人觉得很难亲近。实际的考试中应该快速读完题目，不过现在理解题目比较重要。我们先把题目断成几句，一句一句慢慢看吧。"

蒂蒂："一句一句慢慢看？"

我："没错，没有完全理解题目的意思，只想着赶快把题目读完，一点儿意义也没有。通过这次机会，我们一句一句看完题目，确认自己有没有理解题目的意思吧。"

蒂蒂："好。"

蒂蒂总是很听话。

4.4 数列

我："首先，我们来看题目的开头。"

> 正数组成的数列 $\{a_n\}$，

蒂蒂："学长，正数是大于 0 的数吧？"

我："没错，正数是大于 0 的数。数列如同其名，是指排成一列的"

数。1、2、3、4……是一个数列，0、2、4、6、8……是一个数列，-1、$\dfrac{1}{2}$、$-\dfrac{1}{3}$、$\dfrac{1}{4}$、$-\dfrac{1}{5}$……也是一个数列。"

蒂蒂："咦？不过，题目说是正数……"

我："是啊，因为这个题目提到'正数组成的数列 $\{a_n\}$'，所以数列 $\{a_n\}$ 不包含 0 与负数，解题要考虑这个条件。"

蒂蒂："好。"

我："一般来说，数列可以用如下方式表示。"

$$a_1、a_2、a_3、a_4……$$

蒂蒂："a_1 和 a_2 表示数吗？"

我："没错，这些符号都表示数。我们加上编号，为每个数命名。数列的第 1 个数用 a_1 表示，第 2 个数用 a_2 表示……而 a_1 和 a_2 右下角的数称作下标。"

蒂蒂："我知道了。"

我："这个题目的数列用 $\{a_n\}$ 表示。继续阅读题目，可以看到与这个数列相关的说明，以及最初的几个数。"

从首项到第 3 项分别是 $a_1=3$，$a_2=3$，$a_3=3$，

蒂蒂："真的呢，数列的第 1 个数是 3，第 2 个数是 3，第 3 个数也是 3。咦，全部都是 3 吗？"

我："不对，题目没有说全部都是 3，这是想当然哦！"

蒂蒂："哎呀！学长说得对，真抱歉。"

我："仔细读过题目，我们知道 $\{a_n\}$ 是以 3、3、3 开始的数列。"

$$3、3、3\cdots\cdots$$

蒂蒂："是。"

我："虽然学科能力测验的作答方式是涂答题卡，但不能只想着要涂哪一格答案，应该抱着真心想解决此数学问题的心情，来答题。正确解答数学问题，才能涂到正确的格子，为了正确解题，一定要仔细阅读题目。"

蒂蒂："原来如此。学长说得没错，要仔细阅读题目。"

4.5 用递归式定义数列

我："我们继续阅读题目吧。接下来，仍是数列 $\{a_n\}$ 的说明。"

且对于所有自然数 n 而言，满足以下式子：

$$a_{n+3} = \frac{a_n + a_{n+1}}{a_{n+2}} \qquad ①$$

蒂蒂："学长，我看不懂有大量符号的算式。"

我："别一开始就害怕，先读读看。看到①这样的算式，你有没有发现什么呢？"

蒂蒂："嗯，你是指……算式①用的符号都是 $a_{某数}$ 的形式吗？"

我："没错，算式①的符号有 a_n、a_{n+1}、a_{n+2} 和 a_{n+3}。"

蒂蒂："这里的 n 代表什么意思呢？"

我："嗯，我们来看题目吧。题目是不是写着'对于所有自然数 n 而言'？自然数是指 0、1、2、3、4 等数，但题目要求是正数，所以 0 除外。将 1、2、3、4……中的任意一个数代入算式①的 n，算式①都成立。"

蒂蒂："谁说的？是谁这么说呢？"

我："是出题者哦，这是出这个问题的人想传达的意思。出题者利用算式①来定义数列 $\{a_n\}$。"

蒂蒂："定义数列……"

我："数列是排成一列的数，题目只提到前 3 项，$a_1=3$、$a_2=3$、$a_3=3$，没有说后面的项是多少，但只要利用算式①，就能求出之后的每一项 a_4、a_5、a_6……"

蒂蒂："每一项？可以求出之后的每一项，直到无限吗？"

我："没错，不过'直到无限'的说法，让人觉得这个数列会无止尽持续下去，永远求不完。其实，不管自然数 n 多大，我们都能立刻求出 a_n。以 $n=10\ 000$ 为例，利用算式①即能马上得知 a_n 是多少。"

蒂蒂："不好意思，我不知道算式①该怎么'利用'。我什么都不懂，抱歉。"

我："你再仔细看一下算式①，看看算式的形式。"

$$a_{n+3} = \frac{a_n + a_{n+1}}{a_{n+2}} \qquad \text{①}$$

蒂蒂："算式的形式……这个算式是分数，除此之外，还有其他重要的地方吗？"

我："'右边'是 a_n、a_{n+1}、a_{n+2}，'左边'是 a_{n+3}。这种形式相当重要哦！"

蒂蒂："为什么呢？"

我："利用算式①，能由 a_1、a_2、a_3 算出 a_4。蒂蒂，这是重点。"

蒂蒂："咦……啊，真的呢！"

我："将 1 代入算式①的 n，则可利用右边的 a_1、a_2、a_3，算出左边的 a_4。接着，将 2 代入算式①的 n，由右边的 a_2、a_3、a_4，算出左边的 a_5……你看得懂吗？"

蒂蒂："我看懂了。

- 利用 a_1、a_2、a_3，算出 a_4。
- 利用 a_2、a_3、a_4，算出 a_5。
- 利用 a_3、a_4、a_5，算出 a_6。

  ……

是这样吧?"

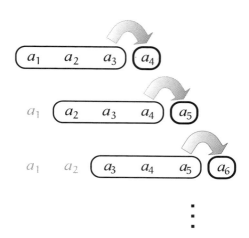

我:"没错,如此一来,不管自然数 n 是多少,我们都可以算出 a_n,所以我们只要知道:

- $a_1 = 3$、$a_2 = 3$、$a_3 = 3$ 等实际数值,

- 算式①,

即能定义数列 $\{a_n\}$。你目前还不需要在意算式①是否为分数形式,只需知道这是在定义数列 $\{a_n\}$。"

蒂蒂:"原来这个算式要这样解读啊!"

我:"①这种用来定义数列的算式,通常称作递归式。这个题目利用递归式定义数列 $\{a_n\}$。到此为止,你听得懂吗?"

蒂蒂:"没问题,我都听得懂。"

$$\begin{cases} a_1 = 3 \\ a_2 = 3 \\ a_3 = 3 \\ a_{n+3} = \dfrac{a_n + a_{n+1}}{a_{n+2}} \end{cases} \quad (n = 1 、 2 、 3 \cdots \cdots)$$

利用递归式定义数列 $\{a_n\}$

我："一句一句读完题目，就能理解。不过，我们距离掌握数学归纳法，还有一大段路要走。"

蒂蒂："学长，虽然如此，我已经学到不少东西，思路也变得更清晰了。即使算式看似乱七八糟，我也能看清其中的条理。"

我："太棒了，我们继续阅读题目吧。"

蒂蒂："学长，继续阅读下去之前，我想做一件事。"

我："什么事？"

4.6 计算各项

蒂蒂："不好意思，学长。因为我好不容易了解计算方式，所以我想利用算式①实际计算 a_4、a_5、a_6 等数。"

我："啊，我理解你想亲自确认每一项的心情。"

蒂蒂："我要计算啰，首先是 a_4。"

$$a_{n+3} = \frac{a_n + a_{n+1}}{a_{n+2}} \qquad \text{算式①}$$

$$a_{1+3} = \frac{a_1 + a_{1+1}}{a_{1+2}} \qquad \text{将 } n=1 \text{ 代入算式①}$$

$$a_4 = \frac{a_1 + a_2}{a_3} \qquad \text{计算下标}$$

$$= \frac{3+3}{3} \qquad \text{将 } a_1=3 \text{、} a_2=3 \text{、} a_3=3 \text{ 代入}$$

$$= \frac{6}{3} \qquad \text{计算 } 3+3=6$$

$$= 2 \qquad \text{计算 } 6 \div 3 = 2$$

我："不错，最后得到 $a_4=2$。"

蒂蒂："接着是 a_5。"

$$a_{n+3} = \frac{a_n + a_{n+1}}{a_{n+2}} \qquad \text{算式①}$$

$$a_{2+3} = \frac{a_2 + a_{2+1}}{a_{2+2}} \qquad \text{将 } n=2 \text{ 代入算式①}$$

$$a_5 = \frac{a_2 + a_3}{a_4} \qquad \text{计算下标}$$

$$= \frac{3+3}{2} \qquad \text{将 } a_2=3 \text{、} a_3=3 \text{、} a_4=2 \text{ 代入}$$

$$= \frac{6}{2} \qquad \text{计算 } 3+3=6$$

$$= 3 \qquad \text{计算 } 6 \div 3 = 2$$

我："$a_5=3$。"

蒂蒂："嗯，再来是 a_6。"

$$a_{n+3} = \frac{a_n + a_{n+1}}{a_{n+2}} \qquad \text{算式①}$$

$$a_{3+3} = \frac{a_3 + a_{3+1}}{a_{3+2}} \qquad \text{将} n = 3 \text{代入算式①}$$

$$a_6 = \frac{a_3 + a_4}{a_5} \qquad \text{计算下标}$$

$$= \frac{3+2}{3} \qquad \text{将} a_3 = 3、a_4 = 2、a_5 = 3 \text{代入}$$

$$= \frac{5}{3} \qquad \text{计算} 3 + 2 = 5$$

我："你算出 $a_6 = \dfrac{5}{3}$。"

蒂蒂："咦？居然出现分数。"

我："数列中出现分数并不奇怪哦！"

蒂蒂："是，没错。下一个是 a_7。"

$$a_{n+3} = \frac{a_n + a_{n+1}}{a_{n+2}} \qquad \text{算式①}$$

$$a_{4+3} = \frac{a_4 + a_{4+1}}{a_{4+2}} \qquad \text{将} n = 4 \text{代入算式①}$$

$$a_7 = \frac{a_4 + a_5}{a_6} \qquad \text{计算下标}$$

$$= \frac{2+3}{\frac{5}{3}} \qquad \text{将} a_4 = 2、a_5 = 3、a_6 = \frac{5}{3} \text{代入}$$

$$= 5 \div \frac{5}{3} \qquad \text{将分数转换为除法}$$

$$= 5 \times \frac{3}{5} \qquad \text{将分数的除法转换为乘法}$$

$$= 3 \qquad \text{计算结果}$$

我："$a_7 = 3$。"

蒂蒂："自然数让人安心呀……到目前为止，我已经知道 a_1 至 a_7 的数值。"

n	1	2	3	4	5	6	7	⋯
a_n	3	3	3	2	3	$\dfrac{5}{3}$	3	⋯

我："蒂蒂啊……"

蒂蒂："好的，继续求出每一项吧。下一个是……"

我："等一下，蒂蒂，你注意到了吗?"

蒂蒂："啊，不好意思，照这种方式算下去，永远都求不完吧。"

我："不，我不是那个意思。"

蒂蒂："嗯?"

我："你已经解出学科能力测验题目的 q、u、v。"

由①可得:

$$a_4 = \frac{a_1 + a_2}{a_3} = q ，\quad a_5 = 3 ，\quad a_6 = \frac{u}{v} ，\quad a_7 = 3$$

蒂蒂："真的呢，不知不觉求出来了。q 是 a_4，所以 q 是 2。而 a_6 是 $\dfrac{5}{3}$，所以 u 是 5，v 是 3。"

我："题目给出递归式，让我们能通过递归式计算 a_4、a_5、a_6……"

真让人想实际计算呢，我不意外你想这么做。"

蒂蒂："是啊，越计算越开心。"

4.7 用数列定义数列

我："我们回头看学科能力测验的题目吧，题目在 q、u、v 前面提及'别的数列'。"

数列 $\{b_n\}$、$\{c_n\}$ 对于所有自然数 n 而言，满足 $b_n = a_{2n-1}$，$c_n = a_{2n}$，求数列 $\{b_n\}$、$\{c_n\}$ 的一般项。

蒂蒂："呃……"

我："你先冷静下来，题目出现的 2 个数列分别是什么呢?"

蒂蒂："是数列 $\{b_n\}$ 和数列 $\{c_n\}$。"

我："没错，你知道这 2 个数列各自的定义吗?"

蒂蒂："定义吗? 我知道。"

$$b_n = a_{2n-1} \quad \text{数列 } \{b_n\} \text{ 的定义}$$

$$c_n = a_{2n} \quad \text{数列 } \{c_n\} \text{ 的定义}$$

我："嗯，你利用数列 $\{a_n\}$，定义数列 $\{b_n\}$ 和数列 $\{c_n\}$ 这 2 个数列。"

蒂蒂："是。"

我："刚才你所写的算式，与题目的这个部分相同。"

> 满足 $b_n = a_{2n-1}$，　$c_n = a_{2n}$，

蒂蒂："学长，题目的'满足○○'是关键吧。出题者用'满足
　　○○'的说法来定义数列。"

我："没错。"

蒂蒂："好像在制定游戏规则……"

我："对了，你知道 $b_n = a_{2n-1}$ 怎么写吗？"

蒂蒂："咦？不是写成 b_n 等于 a_{2n-1} 吗？"

我："嗯，这么写不算错，但这是定义 b_n 的式子，写成'b_n 定义
　　为 a_{2n-1}'比较好。另外，你知道 a_{2n-1} 是什么意
　　思吗？"

蒂蒂："数列 $\{a_n\}$ 的……嗯……第 $2n-1$ 项。"

我："这么说也没错……是我问的方式不对……换个说法，$n=1$、
　　2、3、4……，$2n-1$ 表示什么呢？"

蒂蒂："$2n-1$ 是奇数。"

我："没错，所以'数列 $\{b_n\}$ 是由数列 $\{a_n\}$ 的奇数项组成的数
　　列'。由于 $2n-1$ 是产生奇数的式子，因此当 $n=1$、2、3、4、
　　5……时，可求得 $2n-1=1$、3、5、7、9……"

蒂蒂："我懂了。此外，数列 $\{c_n\}$ 是由数列 $\{a_n\}$ 的偶数项组成的
　　数列。"

我："是啊，它的下标是偶数。"

- 数列 $\{b_n\}$ 是由 a_1、a_3、a_5、a_7、a_9……组成的数列。
- 数列 $\{c_n\}$ 是由 a_2、a_4、a_6、a_8、a_{10}……组成的数列。

我："继续阅读题目吧。好的出题者会提示作答者该朝什么方向思考哦!"

求数列 $\{b_n\}$、$\{c_n\}$ 的一般项。

我："你觉得关键词是什么呢?"

蒂蒂："是一般项吗?"

我："没错，数列 $\{b_n\}$ 的一般项是 b_n，数列 $\{c_n\}$ 的一般项是 c_n。"

蒂蒂："所以'这个数列的第 n 项是什么'是在问一般项是什么吗?"

我："没错，可以说是一般项，也可以说是第 n 项。'这个数列的第 n 项是什么'，通常是要作答者'用 n 表示数列的一般项'。"

蒂蒂："原来如此。用 n 表示数列的一般项……我懂了。"

　　蒂蒂写着"秘密笔记"，她总是马上记录她学到的数学知识和关键词。

我："虽然题目要作答者求数列 $\{b_n\}$、$\{c_n\}$ 的一般项，但接下来问的是 a_4、a_5、a_6、a_7。这些数你刚才已经求出来了。"

由①可得：

$$a_4 = \frac{a_1 + a_2}{a_3} = q, \quad a_5 = 3, \quad a_6 = \frac{u}{v}, \quad a_7 = 3$$

蒂蒂："q 是 2，u 是 5，v 是 3。刚才看到分数，我觉得有点儿不安，不过现在发现它刚好能填进答题卡，我放心了。"

我："嗯，而且你刚才算出的 $a_5=3$ 和 $a_7=3$，与题目一样。"

蒂蒂："明明题目写了，我还浪费时间计算。"

我："不，你这么做可以证明你走在正确的道路上。"

蒂蒂："既然如此，我们继续阅读题目吧。"

4.8 推论数列

因为 $b_n=a_{2n-1}$，所以 $b_1=b_2=b_3=b_4=3$，从而推出：

$$b_n=3 \ (n=1、2、3\cdots\cdots) \qquad ②$$

我："你知道这段在讲什么吗？"

蒂蒂："嗯，我大概知道。因为 b_1、b_2、b_3、b_4 正好是奇数项 a_1、a_3、a_5、a_7，且都等于 3，所以 b_5、b_6、b_7……也都等于 3。

出题者提出这样的'主张'。"

我："正确来说，这还不能算是'主张'，而是'推论'。"

蒂蒂："咦，什么意思？"

我："这里写的是'因为……推出'，所以只是'推论'。因为出题者只确认了 b_1、b_2、b_3、b_4 这 4 项，至于 b_5 与 b_6，甚至 $b_{10\,000}$ 是否等于 3，都还没确认。"

蒂蒂："说得也是，我只需努力算出剩下的数吧。"

我："不对，我不是那个意思。"

蒂蒂："不是吗？"

我："我不是要你努力算出之后的项，即使你算出很多项的数值，也只能确认这些数值符合推论。"

蒂蒂："有什么问题吗？必须把它算出来，才有办法确认是否符合推论啊！"

我："蒂蒂，这时要运用数学的力量。我们来证明这件事。"

蒂蒂："证明这件事？"

4.9 证明

我："继续阅读题目吧。"

由于 $b_1=3$，因此要说明②，只需说明，对于所有自然数 n 而言，以下恒等式成立：

$$b_{n+1}=b_n \qquad ③$$

我："这里写的是'只需说明……'。在数学上，'说明'某件事有时指'证明'某件事，所以这段想说的是……"

由于 $b_1=3$，因此要证明②，只需证明，对于所有自然数 n 而言，以下恒等式成立：

$$b_{n+1}=b_n \qquad ③$$

蒂蒂："不好意思，虽然有点儿离题，但我可以先问个问题吗?"

我："可以啊，你想问什么呢?"

蒂蒂："这个题目写道'对于所有自然数 n 而言'吧?"

我："是。"

蒂蒂："也就是说，'不管 n 是 1、2、3、4……中的哪个数'都成立吗?"

我："没错。我们只需证明不管自然数 n 是多少，$b_{n+1}=b_n$ 皆成立。题目讲的是'所有'自然数，但数学也常用'任意'二字来表示，意思完全一样。"

蒂蒂："是的……这个真的有办法证明吗？自然数有无限多个吧。"

我："没错。蒂蒂，这就是困难而有趣的地方哦！因为自然数有无限多个，不可能一一验证，所以我们不能一一确认，而是要想办法证明。"

蒂蒂："……"

我："若会证明，自然数有无限多个也不是问题。"

蒂蒂："所有自然数的证明？"

我："是啊，数学中，有种方法能证明所有自然数的特性。"

蒂蒂："有这种方法吗？"

我："有，可证明所有自然数的方法，就是数学归纳法。"

蒂蒂："咦？"

我："数学归纳法是什么，下面的题目 2 有直截了当的说明，我们接着阅读吧。"

蒂蒂："好。"

4.10　题目 2

题目 2（上接第 117 页的题目 1）

而这个等式可以利用"已知 $n=1$，③成立；先假设 $n=k$，③成立；再说明 $n=k+1$，③亦成立"的方式证明。这种方式称作_____，请从下列 A 至 D 的选项中，选择正确名称填入。

A.综合除法　　B.弧度法　　C.数学归纳法　　D.反证法

（下接第 144 页的题目 3）

蒂蒂："……"

我："所以，答案是选项 C 的数学归纳法。选项 A 的综合除法以多项式为对象，选项 B 的弧度法指将角度的单位由'度'改成'弧度（rad）'。选项 A 和选项 B 不是数学的证明方法。而选项 D 的反证法，虽然是证明方法，但是是先否定欲证明的命题，再导向矛盾结果的证明方法，和自然数的证明没有直接关系。"

蒂蒂："咦……"

我："嗯？蒂蒂，怎么啦？你想深入了解反证法吗？"

蒂蒂："不是啦！我完全不明白题目的意思，这不是外星语吗？"

利用"已知 $n=1$，③成立；先假设 $n=k$，③成立；再说明 $n=k+1$，③亦成立"的方式证明。

我："这部分和之前一样，要一句一句慢慢看。听好了，数学归纳法可以分成'2 个步骤'来看。"

数学归纳法的"2 个步骤"

步骤 A

说明以下事项：

若 $n=1$，算式③成立。

步骤 B

说明以下事项：

假设 $n=k$，算式③成立；

证明 $n=k+1$，算式③亦成立。

蒂蒂："嗯，的确有 2 个步骤。"

我："这里我们所关心的是算式③吧？"

$$b_{n+1} = b_n \qquad ③$$

蒂蒂："是。这是与数列 $\{b_n\}$ 有关的算式吧？"

我："没错，我们想证明'不管 n 以哪个自然数代入，算式③都成立’，所以算式③的 n 有重要的任务。”

蒂蒂："这样啊……"

我："如果 n 改变，算式③也会改变。例如，若 $n=1$，算式③即是……"

$$b_2=b_1 \qquad n=1 \text{ 的算式③}$$

蒂蒂："没错。"

我："如果 $n=2$，算式③会变成什么样呢？"

蒂蒂："嗯，会变下面这样吧？"

$$b_3=b_2 \qquad n=2 \text{ 的算式③}$$

我："没错，而我们想证明 $n=1$、$n=2$、$n=3$……不论 n 是哪个自然数，算式③都成立。"

蒂蒂："了解。但是自然数有无限多个，这是个大问题吧？"

我："没错。自然数有无限多个，确实是个大问题。证明 $b_2=b_1$，再证明 $b_3=b_2$……一个一个证明绝对行不通，因为自然数有无限多个，永远都证明不完。"

蒂蒂："没错，永远都证明不完。"

蒂蒂兴奋地点头。

我："这时即需要数学归纳法。我们再看一遍刚才所说的‘2 个步骤’吧，来看步骤 A。"

4.11 步骤 A

> **步骤 A**
>
> 说明以下事项：
>
> 若 $n=1$，算式③成立。

我："步骤 A 是'若 $n=1$，算式③成立'，你知道这是什么意思吗？"

蒂蒂："呃……这个……"

我："我觉得你应该知道。"

蒂蒂："嗯，如果我说错，请别笑我。'若 $n=1$，算式③成立'是指'为什么 $b_2=b_1$'吗？"

我："没错。"

蒂蒂："太好了。不过，我总觉得有点儿虚张声势，'若 $n=1$……'这种文绉绉的开头，却得到这种结论。"

蒂蒂用圆溜溜的眼睛看着我。

我："是啊，好像有点儿虚张声势。不过，出题者为了使题目格式与数学归纳法的形式相同，才这么做的。"

蒂蒂："数学归纳法的形式啊……"

我："对了，你知道怎么证明 $b_2=b_1$ 吗？"

蒂蒂:"咦? 嗯……我不知道怎么证明, 不过刚才已经求出 $b_1=3$ 且 $b_2=3$, 所以 $b_2=b_1$ 应该会成立吧。"

我:"没错。这就是最完美的证明方式, 蒂蒂。"

蒂蒂:"是吗? 证明不是要用看起来很复杂的算式吗?"

我:"没有人规定一定要用复杂的算式来证明。因为 b_2 和 b_1 都等于 3, 所以 $b_2=b_1$, 这就是漂亮的证明。"

蒂蒂:"是。"

我:"数学归纳法的步骤 A 到此为止, 接着看步骤 B 吧。"

蒂蒂:"好。"

4.12　步骤 B

我:"步骤 B 是数学归纳法的核心。"

步骤 B

说明以下事项:

假设 $n=k$, 算式③成立;

证明 $n=k+1$, 算式③亦成立。

蒂蒂:"步骤 B 好难懂。"

我:"别慌张, 先仔细看一遍吧。这部分的文字有 2 种情形——

'k 的情形' 与 '$k+1$ 的情形'。"

蒂蒂："有 2 种情形……"

蒂蒂因为听不懂而显得不好意思。

我搔搔头，不知道怎么说明才能让她理解。

我："啊，把它想成推倒骨牌吧。"

蒂蒂："呃，学长是指推倒一张，后面就会啪嗒啪嗒倒下的骨
牌吗?"

我："没错，步骤 A 相当于'推倒第 1 张骨牌'。"

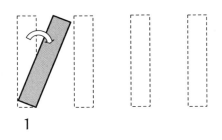

步骤 A 相当于 "推倒第 1 张骨牌"

蒂蒂："这样啊……"

我："步骤 B 可以想成，对于任意自然数 k 而言，'如果推倒第 k
张骨牌，第 $k+1$ 张骨牌也会倒下'。"

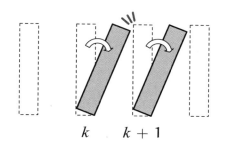

步骤 B 想成对于任意自然数 k 而言，
"如果推倒第 k 张骨牌，第 $k+1$ 张骨牌也会倒下"

蒂蒂："意思是说，这张骨牌被推倒，下一张骨牌会跟着倒下吧。"

我："没错，只要步骤 A 和步骤 B 皆成立，即能够证明不管 n 是

　　哪个自然数，第 n 张骨牌皆会倒下，即使是第 100 张骨牌也

　　会倒下。"

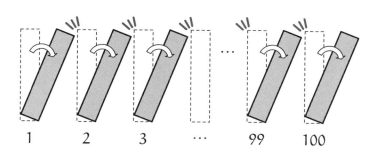

即使是第 100 张骨牌也会倒下

蒂蒂："啊，没错。"

• 推倒第 1 张骨牌（步骤 A）。

• 第 1 张骨牌若被推倒，则下一张，即第 2 张骨牌，亦会倒

下（步骤 B，$k=1$ 的情形）。

- 第 2 张骨牌若被推倒，则下一张，即第 3 张骨牌，亦会倒下（步骤 B，$k=2$ 的情形）。

- 第 3 张骨牌若被推倒，则下一张，即第 4 张骨牌，亦会倒下（步骤 B，$k=3$ 的情形）。

  ......

- 第 99 张骨牌若被推倒，则下一张，即第 100 张骨牌，亦会倒下（步骤 B，$k=99$ 的情形）。

- 因此，可断定第 100 张骨牌会倒下。

我："就是这样，这和数学归纳法是同样的意思。"

蒂蒂："学长，我懂了。'骨牌被推倒'和'算式③成立'是同样的意思吧。"

我："正是如此。"

- 若 $n=1$，算式③成立（步骤 A）。

- 若 $n=1$，算式③成立，则 $n=2$，算式③亦成立（步骤 B，$k=1$ 的情形）。

- 若 $n=2$，算式③成立，则 $n=3$，算式③亦成立（步骤 B，$k=2$ 的情形）。

- 若 $n=3$，算式③成立，则 $n=4$，算式③亦成立（步骤 B，$k=3$ 的情形）。

......

- 若 $n=99$，算式③成立，则 $n=100$，算式③亦成立（步骤 B，$k=99$ 的情形）。

- 因此，若 $n=100$，算式③亦成立。

蒂蒂："现在我知道为什么要用推倒骨牌来比喻了。步骤 B 证明 '假设 $n=k$，算式③成立；证明 $n=k+1$，算式③亦成立'，等于证明下一张骨牌一定会倒下。"

我："没错。"

蒂蒂："学长，我终于明白数学归纳法到底在做什么了。数学归纳法的 '2 个步骤'，等于证明对于任意自然数 n 而言，算式③都成立。如同推倒骨牌。"

我："没错，蒂蒂。"

蒂蒂："但是我只看学科能力测验的题目，绝对没办法联想到这一点。这么多 n 和 k 的符号，完全无法使人联想到推倒骨牌。"

我："你说得没错。接下来，我们回到学科能力测验的问题吧。刚才我们讨论的 '步骤 A' 和 '步骤 B'，其实是学科能力测验出题者所说的（1）和（2）。"

4.13 题目 3

题目 3（上接第 135 页的题目 2）

（1）若 $n=1$，由 $b_1=3$、$b_2=3$ 可知算式③成立。

（2）假设 $n=k$，算式③成立，则

$$b_{k+1} = b_k \qquad ④$$

欲讨论算式③的 $n=k+1$ 的情形，可先将算式①的 n 以 $2k$ 代入，或以 $2k-1$ 代入，所得的等式分别为：

$$b_{k+2} = \frac{c_k + d_{k+1}}{e_{k+1}}, \quad c_{k+1} = \frac{f_k + c_k}{g_{k+1}}$$

可将 b_{k+2} 表示成：

$$b_{k+2} = \frac{(h_k + l_{k+1})w_{k+1}}{b_k + c_k}$$

由算式④可知 $b_{k+2}=b_{k+1}$ 成立，所以若算式③的 $n=k+1$ 成立，此式亦成立。

由（1）、（2）可证明，对于所有自然数 n 而言，算式③皆成立。因此，算式②亦成立，数列 $\{b_n\}$ 的一般项为 $b_n=3$。

（题目结束）

蒂蒂:"哇,又出现很复杂的算式。"

我:"虽然看起来很复杂,但按照数学归纳法的'2 个步骤'思考,你会发现它们的形式一样。"

蒂蒂:"可以想成推倒骨牌吗?"

我:"可以,我们慢慢阅读吧。"

蒂蒂:"好。"

（1）若 $n=1$，由 $b_1=3$、$b_2=3$ 可知算式③成立。

我:"（1）相当于'步骤 A',也就是说……"

蒂蒂:"我知道,如同推倒第 1 张骨牌。"

我:"你相当喜欢用推倒骨牌来比喻呢!"

（2）假设 $n=k$，算式③成立，则

$$b_{k+1} = b_k \qquad ④$$

我:"（2）是'步骤 B'的前半段,因为是'$n=k$'的情形,所以对应的是'推倒第 k 张骨牌'。"

蒂蒂:"嗯,所以我们现在是要证明'若推倒第 k 张骨牌',则'第 $k+1$ 张骨牌也会倒下'吗?"

我："没错，你已经明白了。这里的重点是，从此以后，我们可以任意使用等式 $b_{k+1} = b_k$。"

蒂蒂："这是什么意思？"

我："接下来的证明过程，可以将 $b_{k+1} = b_k$ 当作已知条件。我们想知道，如果推倒第 k 张骨牌，第 $k+1$ 张骨牌会不会倒下。而假设 $b_{k+1} = b_k$ 成立，且当作已知条件，将是解开这个题目的关键。"

蒂蒂："原来如此。"

欲讨论算式③的 $n = k+1$ 的情形，可先将算式①的 n 以 $2k$ 代入，或以 $2k-1$ 代入，所得到的等式分别为：

$$b_{k+2} = \frac{c_k + d_{k+1}}{e_{k+1}}, \quad c_{k+1} = \frac{f_k + c_k}{g_{k+1}}$$

我："好复杂……你是不是这样想呢？"

蒂蒂："没错，好复杂。"

我："其实这部分是出题者故意写给作答者的引导，老实地依循引导解题，即能成功解题。"

蒂蒂："什么是'依循引导解题'呢？"

我："这里指做题目需要你做的事。依循题目的提示，将算式①的 n 以 $2k$ 代入。如此一来，便能得到如下式子。"

$$a_{n+3} = \dfrac{a_n + a_{n+1}}{a_{n+2}} \qquad\qquad 算式①$$

$$\Downarrow$$

$$a_{2k+3} = \dfrac{a_{2k} + a_{2k+1}}{a_{2k+2}} \qquad\qquad 依循引导，代入\ n=2k$$

蒂蒂："不过，虽然将 $2k$ 代入 n 的确可以得到这个式子，但我想知道'为什么题目要我们用 $2k$ 代入'。"

我："这件事的确让人在意，出题者似乎想引导我们用数列 $\{b_n\}$ 和数列 $\{c_n\}$ 来表示。"

蒂蒂："咦，刚才我们写的是和数列 $\{a_n\}$ 有关的式子吧？为什么会用到数列 $\{b_n\}$ 呢？"

我："你看，b_n 和 c_n 分别定义成 $b_n = a_{2n-1}$ 和 $c_n = a_{2n}$，很容易转换吧？"

蒂蒂："可以等我一下吗？"

蒂蒂把我们写过的东西，重新阅读一遍。

蒂蒂："真的呢！数列 $\{b_n\}$ 是由数列 $\{a_n\}$ 的奇数项组成的数列，数列 $\{c_n\}$ 则是由数列 $\{a_n\}$ 的偶数项组成的数列。"

- 数列 $\{b_n\}$ 是由 a_1、a_3、a_5、a_7、a_9……组成的数列。
- 数列 $\{c_n\}$ 是由 a_2、a_4、a_6、a_8、a_{10}……组成的数列。

我："你只需依循引导去计算，小心不要计算错误哦！"

蒂蒂："好的。"

4.14 依循题目的引导 1

我："我们依循题目的引导来计算吧。"

$$a_{n+3} = \frac{a_n + a_{n+1}}{a_{n+2}} \qquad \text{算式①}$$

$$a_{2k+3} = \frac{a_{2k} + a_{2k+1}}{a_{2k+2}} \qquad \text{将 } 2k \text{ 代入算式① 的 } n$$

$$a_{2(k+2)-1} = \frac{a_{2k} + a_{2k+1}}{a_{2k+2}} \qquad \text{将 } 2k+3 \text{ 转换为 } 2(k+2)-1$$

$$b_{k+2} = \frac{a_{2k} + a_{2k+1}}{a_{2k+2}} \qquad （下标为奇数）将 a_{2(k+2)-1} 转换为 b_{k+2}$$

$$b_{k+2} = \frac{c_k + a_{2k+1}}{a_{2k+2}} \qquad （下标为偶数）将 a_{2k} 转换为 c_k$$

$$b_{k+2} = \frac{c_k + a_{2(k+1)-1}}{a_{2k+2}} \qquad \text{将 } 2k+1 \text{ 转换为 } 2(k+1)-1$$

$$b_{k+2} = \frac{c_k + b_{k+1}}{a_{2k+2}} \qquad （下标为奇数）将 a_{2(k+1)-1} 转换为 b_{k+1}$$

$$b_{k+2} = \frac{c_k + b_{k+1}}{a_{2(k+1)}} \qquad \text{将 } 2k+2 \text{ 转换为 } 2(k+1)$$

$$b_{k+2} = \frac{c_k + b_{k+1}}{c_{k+1}} \qquad （下标为偶数）将 a_{2(k+1)} 转换为 c_{k+1}$$

蒂蒂："嗯，看起来好困难。"

我："其实这只是把一个数列转换为 $a_{奇数}$ 的形式，再转换为数列 $\{b_n\}$；把一个数列转换为 $a_{偶数}$ 的形式，再转换为数列 $\{c_n\}$。最后得到的算式如下。"

$$b_{k+2} = \frac{c_k + b_{k+1}}{c_{k+1}} \qquad 所得算式①$$

蒂蒂："不过，考试的时候，我应该想不到用这种方式解题。"

我："不会，仔细看题目，下面的部分是在告诉你，要将算式转换为 '$b_{k+2} = \cdots\cdots$' 的形式。"

$$b_{k+2} = \frac{c_k + d_{k+1}}{e_{k+1}} \qquad 题目$$

蒂蒂："啊！"

我："而且，这里很贴心地写成 d_{k+1} 和 e_{k+1}，帮你加了下标 $k+1$。接下来，你只要比较题目和所得算式①即可。"

蒂蒂："比较……我知道，d 是 b，e 是 c 吧。"

我："正是如此。"

4.15 依循题目的引导 2

我："接下来，像刚才一样，依循题目的引导，计算 c_{k+1}，求出 f 和 g。"

$$a_{n+3} = \frac{a_n + a_{n+1}}{a_{n+2}} \qquad 算式①$$

$$a_{2k-1+3} = \frac{a_{2k-1} + a_{2k-1+1}}{a_{2k-1+2}} \qquad 将 2k-1 代入算式①的 n$$

$$a_{2k+2} = \frac{a_{2k-1} + a_{2k}}{a_{2k+1}} \qquad \text{计算下标}$$

$$a_{2(k+1)} = \frac{a_{2k-1} + a_{2k}}{a_{2(k+1)-1}} \qquad \text{整理下标，准备转换}$$

$$c_{k+1} = \frac{a_{2k-1} + c_k}{a_{2(k+1)-1}} \qquad \text{下标为偶数，转换为} \{c_n\}$$

$$c_{k+1} = \frac{b_k + c_k}{b_{k+1}} \qquad \text{下标为奇数，转换为} \{b_n\}$$

蒂蒂："真的和刚才的叙述很像呢，所得算式是下列式子。"

$$c_{k+1} = \frac{b_k + c_k}{b_{k+1}} \qquad \text{所得算式②}$$

我："将所得算式②和题目比较吧。"

$$c_{k+1} = \frac{f_k + c_k}{g_{k+1}} \qquad \text{题目}$$

蒂蒂："f 是 b，g 也是 b。"

我："依循题目的引导，即可成功解题。"

蒂蒂："真的……"

4.16　依循题目的引导 3

蒂蒂："接下来，还是得一句一句阅读题目吗？"

我："是啊，计算的部分只剩一点儿了。"

可将 b_{k+2} 表示成：

$$b_{k+2} = \frac{(h_k + l_{k+1})w_{k+1}}{b_k + c_k}$$

我："这是证明步骤 B 的后半段 $b_{k+2} = b_{k+1}$ 必经的过程。"

蒂蒂："学长，这看起来相当复杂。"

我："放心，题目会仔细引导我们解题，并不困难。利用所得算式 ①和所得算式②，能顺利求出 b_{k+2}。"

$$\begin{cases} b_{k+2} = \dfrac{c_k + b_{k+1}}{c_{k+1}} & \text{所得算式①} \\[3mm] c_{k+1} = \dfrac{b_k + c_k}{b_{k+1}} & \text{所得算式②} \end{cases}$$

蒂蒂："一切会顺利吗？"

我："把所得算式①和所得算式②联立，消掉 c_{k+1}，亦即将所得算式②代入所得算式①的 c_{k+1}，不过我们要算的其实是所得算式②的倒数。"

$$b_{k+2} = \frac{c_k + b_{k+1}}{c_{k+1}} \qquad \text{所得算式①}$$

$$= (c_k + b_{k+1}) \cdot \frac{1}{c_{k+1}} \qquad \text{提出 } c_{k+1} \text{ 的倒数}$$

$$= (c_k + b_{k+1}) \cdot \frac{b_{k+1}}{b_k + c_k} \qquad \text{代入所得算式②的倒数}$$

$$= \frac{(c_k + b_{k+1})b_{k+1}}{b_k + c_k} \qquad \text{整理算式}$$

蒂蒂："哦……会变成这样啊！"

$$b_{k+2} = \frac{(c_k + b_{k+1})b_{k+1}}{b_k + c_k} \qquad \text{所得算式③}$$

我："和原题目比较吧。"

$$b_{k+2} = \frac{(h_k + l_{k+1})w_{k+1}}{b_k + c_k} \qquad \text{题目}$$

蒂蒂："比较……h 是 c，l 是 b，w 也是 b。"

我："接下来，只剩最后的证明。"

蒂蒂："学长……"

我："只剩一点儿，加油！"

4.17　最后的证明

> 由算式④可知 $b_{k+2}=b_{k+1}$ 成立，所以若算式③的 $n=k+1$ 成立，此式亦成立。

蒂蒂："算式④是什么呢？呃……嗯……"

我："算式④是 ' $b_{k+1}=b_k$ '。刚才我说，这个算式 '将是解开这个题目的关键'，就是指此刻。"

蒂蒂："真的？"

$$b_{k+1} = b_k \qquad\qquad ④$$

我："利用算式④，可消去所得算式③的 b_k，证明完毕。"

$$
\begin{aligned}
b_{k+2} &= \frac{(c_k + b_{k+1})b_{k+1}}{b_k + c_k} && \text{所得算式③} \\[2mm]
&= \frac{(c_k + b_{k+1})b_{k+1}}{b_{k+1} + c_k} && \text{利用算式④} \\[2mm]
&= \frac{(b_{k+1} + c_k)b_{k+1}}{b_{k+1} + c_k} && \text{整理算式} \\[2mm]
&= b_{k+1} && \text{将 } b_{k+1}+c_k \text{ 约分掉} \\[2mm]
b_{k+2} &= b_{k+1} && \text{所得算式}
\end{aligned}
$$

蒂蒂：“漂亮的约分。”

我：“是啊，因为 $b_{k+1} + c_k \neq 0$，所以能约分。如此一来，我们便成功证明，若‘$b_{k+1} = b_k$’成立，则‘$b_{k+2} = b_{k+1}$’亦成立，亦即证明‘步骤 B’和（2）。换句话说，我们成功证明，若‘推倒第 k 张骨牌’，则‘第 $k+1$ 张骨牌也会倒下’。”

蒂蒂：“哇……”

我：“最后，用数学归纳法的既定格式说明一遍吧。”

由（1）、（2）可证明，对于所有自然数 n 而言，算式③皆成立。因此，算式②亦成立，数列 $\{b_n\}$ 的一般项为 $b_n = 3$。

4.18 回归正题

我：“计算的部分的确有点儿麻烦，但只要依循题目的引导解题，即能完成解答。”

蒂蒂：“是啊，因为计算繁复，所以只看一遍是不懂题目在讲什么的。不过，对应于推倒骨牌的过程会比较好懂，但是……”

我："但是?"

蒂蒂："学长，很感谢你这么认真地教我，但是我总觉得有些地方
　　　好像有点儿偏离主题，对不起。"

我："偏离主题?"

蒂蒂："我的问题是'自然数有无限多个，该怎么证明'，而学长
　　　告诉我数学归纳法如同推倒骨牌，让我有'原来如此'的感
　　　觉，但是好像没有解决我的问题。"

我："这样啊!"

米尔迦："没解决什么?"

蒂蒂："米尔迦学姐。"

　　米尔迦是我的同班同学，是个数学才女。她把蒂蒂的疑问都
静静听在心里。

米尔迦："嗯，你是在意'是否可用有限来证明无限'吧?"

蒂蒂："我也不知道，但我似乎被'无限'的概念困住了……"

我："无限啊……"

蒂蒂："无限真难懂。"

米尔迦："无限的确很难懂，数学该怎么处理'无限'是一个
　　　大问题。数学归纳法并没有提到'无限'这个词语，也不曾
　　　出现'无数'。"

蒂蒂："啊……"

我："的确。"

米尔迦："数学归纳法小心翼翼地避开'无限'与'无数'等用语。例如，题目通常会写，对于所有自然数 n……"

我："没错，真的是这样。"

米尔迦："数学归纳法不是利用无限的概念来证明与无限相关的定理。数学归纳法在推导过程中不能陷入无限的禁锢，因此，得用逻辑的力量……"

蒂蒂："逻辑的力量……"

我："运用'2 个步骤'即能对抗'无限'这个难题吧。"

米尔迦："没错。"

米尔迦打了个响指。

米尔迦："证明过程和自然数有关，是数学归纳法的重点，也是本质。"

蒂蒂："咦？"

米尔迦："定义自然数所用的方法和数学归纳法一样，都是皮亚诺公理。"

瑞谷老师："放学时间到了。"

瑞谷老师的一句话，使我们的数学对话告一段落。

借着学科能力测验的题目，我和蒂蒂说明了数学归纳法的过程，通过说明"2 个步骤"及推倒骨牌的比喻，厘清想法。避开无限的禁锢，只以"2 个步骤"便能捕捉到无限的证明法即是数学归纳法。

"随时想着要'往前一步'，就能抵达目的地。"

第 4 章的问题

●问题 4-1（递归式）

假设数列 $\{F_n\}$ 用下列递归式定义，求此数列前 10 项（F_1、F_2、F_3……F_{10}）的数值。

$$\begin{cases} F_1 = 1 \\ F_2 = 1 \\ F_n = F_{n-1} + F_{n-2} \quad (n = 3、4、5……) \end{cases}$$

（解答在第 224 页）

●问题 4-2（一般项）

下表列出了数列 $\{a_n\}$ 的前 10 项，请推论一般项 a_n，并以 n 表示。

n	1	2	3	4	5	6	7	8	9	10	…
a_n	-1	3	-5	7	-9	11	-13	15	-17	19	…

（解答在第 225 页）

●问题 4-3（数学归纳法）

请利用数学归纳法证明，对于所有正整数 $n=1$、2、$3\cdots\cdots$，
下列等式皆成立。

$$1+2+3+\cdots+n=\frac{n(n+1)}{2}$$

（解答在第 226 页）

●问题 4-4（数学归纳法）

请利用数学归纳法证明，对于所有正整数 $n=1$、2、$3\cdots\cdots$，
下列等式皆成立。

$$F_1+F_2+F_3+\cdots+F_n=F_{n+2}-1$$

其中，数列 $\{F_n\}$ 依照问题 4-1 的方式定义。

（解答在第 228 页）

魔术时钟的制作方法

"明明从未见过，为什么你确定能做出来呢?"

5.1　我的房间

由梨:"哥哥，听我说。把眼睛闭上。"

我:"打脸 7 遍，一起来?"

由梨:"我才没那么暴力。我是说，把眼睛闭上。"

我:"可以请你说日语吗?"

由梨:"别闹了，快点把眼睛闭上啦!"

我:"好啦!"

5.2　魔术时钟

由梨:"锵锵! 眼睛可以睁开啰!"

　　我睁开眼睛，看到桌子上放着 3 台机器。

我："这是什么奇怪的机器？"

由梨："这是魔术时钟。"

我："魔术时钟？"

由梨："因为有 3 个时钟排在一起，所以叫作魔术时钟。"

　　我观察这 3 个排在一起的时钟。

我："你说这是时钟，但它们只有一根指针，数也不够啊！"

由梨："这就是魔术啊，最左边的时钟是'2 的时钟'。"

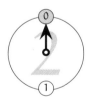

2 的时钟

我："中间的时钟，有 3 个数呢！"

由梨："是啊，这是'3 的时钟'。"

3 的时钟

我:"最右边的时钟有 5 个数,该不会是'5 的时钟'吧?"

由梨:"是不是很有趣啊?"

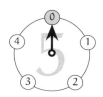

5 的时钟

5.3　转动魔术时钟

我:"这怎么标示时间呢? 它没有动呢!"

由梨:"嘿,这是可以数数的时钟。"

我:"咦?"

由梨:"你看,这里有 2 个按钮吧?"

我:"是,上面写着 RESET 和 COUNT。"

RESET 和 COUNT

由梨："按下 RESET 按钮，3 个时钟的指针都归零，展开时钟的魔术表演。这是排列模式 000。"

按下 RESET 按钮，3 个时钟的指针都归零
（排列模式 000）

我："嗯，然后呢？"

由梨相当有条理地向我说明魔术时钟的运作。她本来是一个会大叫"好麻烦"的女孩，这时却显得格外有毅力。

由梨："每按一次 COUNT 按钮，指针便前进一格。"

我："原来如此。3 个时钟的指针都会前进一格啊！"

每按一次 COUNT 按钮，3 个时钟的指针都会前进一格
（排列模式 111）

由梨："认真一点儿啦，哥哥不专心！"

今天由梨的说话方式有点儿像老师，不过其实更像我平常对她说话的方式。

我："好，我在看，由梨老师。"

由梨："你看得出来指针是按照什么规则前进的吗？"

我："嗯，因为 3 个时钟的指针都前进一格，所以 3 个时钟的指针都指向 1，排列模式变成 111。"

由梨："再按一次 COUNT 按钮，你觉得会变怎样？"

我："当然是全部往前进一格。"

由梨："试试看，单击。"

双击 COUNT 按钮的情形
（排列模式 022）

我："你看吧，全部往前进一格，排列模式变成 022。"

由梨："做得不错，'2 的时钟'是不是归零了呢？所以，重点在于'即使指针一直前进，数也不一定会越来越大'。注意啰，这里考试会考哦！"

我："你在说什么啊，好像老师。"

由梨："嘿……"

我："对了，由梨，哥哥想借一下这个，可以吗?"

由梨："可以。"

我又单击 COUNT 按钮，指针前进一格。"2 的时钟"的指针指向 1、"3 的时钟"的指针指向 0、"5 的时钟"的指针指向 3，排列模式变成 103。

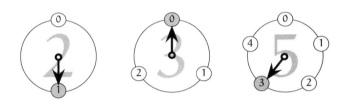

按 3 次 COUNT 按钮的情形
（排列模式 103）

我："真的很有趣，'3 的时钟'归零了。"

由梨："是啊，绕一圈回到原点。"

我们又单击 COUNT 按钮，排列模式变成 014。

按 4 次 COUNT 按钮的情形
（排列模式 014）

我：“如果再按一次 COUNT 按钮，‘5 的时钟’的指针会指向 0。”

由梨：“绕一圈回到原点。”

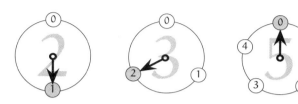

按 5 次 COUNT 按钮的情形
（排列模式 120）

我按下 COUNT 按钮，指针又前进一格。

我：“嗯，这次是左边的 2 个时钟归零……”

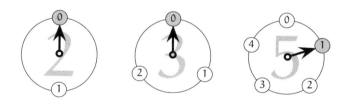

按 6 次 COUNT 按钮的情形
（排列模式 001）

由梨：“OK，哥哥暂停一下。”

我：“为什么？”

由梨：“哥哥记得到目前为止按了几次吗？”

我：“6 次，我在算。”

5.4 魔术时钟的问题

由梨："现在，我要出一个魔术时钟的问题。"

魔术时钟的问题

按下 RESET 按钮，排列模式将变成 000。

排列模式 000

每按一次 COUNT 按钮，3 个时钟的指针皆会前进一格。请
问：要按几次 COUNT 按钮，排列模式才会变成 024 呢？

  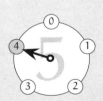

要按几次 COUNT 按钮，排列模式才会变成 024 呢？

我："原来如此。没办法一眼看出答案呢！"

由梨："哥哥有没有办法，在不按 COUNT 按钮的情况下，想出
答案呢？"

由梨淘气地看着我。

我陷入了沉思。

由梨已经好久没有出题目给我了。

我："嗯，直接按按看，就知道啦!"

由梨："啊，不行! 用想的，不要按啦!"

5.5　依序思考"2 的时钟"

我："好吧，我们依序思考吧。首先，这里有 3 个时钟。"

由梨："没错。"

我："先看最左边'2 的时钟'吧。我按下 COUNT 按钮，'2 的时钟'的指针会从 0 变 1，或从 1 变 0。"

2 的时钟

由梨："对。"

我："目标是转出 024，'2 的时钟'的指针应指向 0。也就是说，按 COUNT 按钮的次数必须是'偶数'。"

- 排列模式为 024，因为"2 的时钟"的指针应指向 0，所以按 COUNT 按钮的次数必为"偶数"。

由梨："哦……果然是高中生。"

我："别这么说……接下来，用同样的方式来依序思考其他时钟吧。"

由梨："嗯。"

5.6 依序思考"3 的时钟"

我："我按下 COUNT 按钮，'3 的时钟'会照着 $0 \rightarrow 1 \rightarrow 2 \rightarrow 0 \rightarrow 1 \rightarrow 2 \cdots$ 的顺序转动指针。"

由梨："没错。"

我："目标是转出 024，则'3 的时钟'的指针应指向 2。由此可推论，按 COUNT 按钮的次数必须是'除以 3，余 2'的数。"

由梨："什么？'除以 3，余 2'是什么意思？"

我："咦？意思是某数除以 3 的余数是 2，如同'3 的时钟'会依 $0 \rightarrow 1 \rightarrow 2 \rightarrow 0 \rightarrow 1 \rightarrow 2 \cdots$ 的顺序转动指针，数重复出现。"

- 按 0 次 COUNT 按钮，则"3 的时钟"的指针会指向 0。

- 按 1 次 COUNT 按钮，则"3 的时钟"的指针会指向 1。

- 按 2 次 COUNT 按钮，则"3 的时钟"的指针会指向 2。

- 按 3 次 COUNT 按钮，则"3 的时钟"的指针会指向 0。

- 按 4 次 COUNT 按钮，则"3 的时钟"的指针会指向 1。

- 按 5 次 COUNT 按钮，则"3 的时钟"的指针会指向 2。

  ……

由梨："……"

我："所以，按 COUNT 按钮的次数除以 3 所得的余数，就是'3 的时钟'的指针所指的数。"

由梨："哥哥，你特意去记这种事了吗？为什么会突然蹦出'余数'这个词语呢？"

我："嗯，我记啦！如果题目提到时钟、日历等'会重复绕圈'的东西，多半和'余数'有关。"

由梨："的确如此……"

我："你可以想……按 3 次 COUNT 按钮，'3 的时钟'的指针会回到 0，所以按 3 次、6 次、9 次、12 次……换句话说，只要按 COUNT 按钮的次数是 3 的倍数，即等于'没按'。因此可以分成 3 种情形。"

- 按"3 的倍数 + 0"次 COUNT 按钮，"3 的时钟"的指针指向 0。

- 按"3 的倍数 + 1"次 COUNT 按钮，"3 的时钟"的指针指向 1。

- 按"3 的倍数 + 2"次 COUNT 按钮，"3 的时钟"的指针指向 2。

由梨："啊，真的呢！"

我："因为目标是转出 024，所以'3 的时钟'的指针应指向 2。由此可推论，按 COUNT 按钮的次数是'除以 3，余 2'的数。"

由梨："这无所谓啦！但只想到这些，还是不知道要按几次啊！"

我："线索增加了啊！"

- 要转出 024，因为"2 的时钟"的指针应指向 0，
  所以按 COUNT 按钮的次数为"偶数"。

- 要转出 024，因为"3 的时钟"的指针应指向 2，
  所以按 COUNT 按钮的次数为"除以 3，余 2"的数。

我："偶数是'除以 2，余 0'的数吧？"

- 要转出 024，因为"2 的时钟"的指针应指向 0，
  所以按 COUNT 按钮的次数为"除以 2，余 0"的数。

- 要转出 024，因为"3 的时钟"的指针应指向 2，
  所以按 COUNT 按钮的次数为"除以 3，余 2"的数。

由梨："哦……"

我："这就是依序思考，因为我们用了 3 个时钟，所以得一个一个
推论结果。"

由梨："嗯，做得不错嘛！"

5.7 依序思考"5 的时钟"

我："用同样的方式思考'5 的时钟'吧。要转出 024，'5 的时

钟'的指针应指向 4，线索有 3 个。"

- 要转出 024，因为"2 的时钟"的指针应指向 0，
  所以按 COUNT 按钮的次数为"除以 2，余 0"的数。
- 要转出 024，因为"3 的时钟"的指针应指向 2，
  所以按 COUNT 按钮的次数为"除以 3，余 2"的数。
- 要转出 024，因为"5 的时钟"的指针应指向 4，
  所以按 COUNT 按钮的次数为"除以 5，余 4"的数。

由梨："哦，然后呢?"

5.8　除以 5 余 4 的数

我："我们想知道 COUNT 按钮该按几次……'除以 5，余 4'的
数就是 4、9、14、19 等数。换句话说，COUNT 按钮该按的
次数即在下列数当中。"

$$4、9、14、19……$$

由梨："咦? 为什么你可以这么快地算出来呢?"

我："嗯，首先，4 当然会符合条件吧。因为 4 除以 5，商是 0，
余数是 4。"

$$4 \div 5 = 0……4$$

由梨："嗯。"

我："接下来，只需一直加 5。因为不管加几次 5，除以 5 的余数都不会变。"

由梨："原来如此。所以包含 4、4+5=9、9+5=14、14+5=19……"

我："是啊，按 COUNT 按钮的次数会是 4、9、14、19……的其中之一。不过，由'2 的时钟'提供的线索可知，按 COUNT 按钮的次数是'偶数'，所以按 COUNT 按钮的次数会是 4 次、14 次……"

由梨："了解。"

我："接着，利用'3 的时钟'提供的线索，检查'除以 3 的余数'是否为 2。"

- 按 COUNT 按钮的次数是 4，除以 3 的余数为 1，余数不是 2。
- 按 COUNT 按钮的次数是 14，除以 3 的余数为 2，就是这个。

由梨："哦！"

我："答案是 14 吧？验算一下。"

- 14 除以 2 的余数为 0，OK。
- 14 除以 3 的余数为 2，OK。
- 14 除以 5 的余数为 4，OK。

由梨："非得这么做吗？"

我：“不，我没说非得这么做哦！”

由梨：“哇，你干吗这么大声？”

我：“你不能被‘非得这么做’束缚，限制自己的想法。解题的方
　　法不会只有一种，这只是哥哥的想法，依序思考、留意余
　　数……你会怎么做呢？”

由梨：“一直按 COUNT 按钮。”

我：“呃，你还是想按啊！”

由梨：“不行吗？不要限制想法嘛！”

我：“是啦，实际操作的确是种好方法。”

魔术时钟的解答

按 14 次 COUNT 按钮，能达到我们的目标——排列模式为 024。

5.9　绕一圈回到原点

由梨：“啊，这个答案不对。”

我：“哪里不对？”

由梨：“不只有 14 的排列模式是 024。”

我：“咦？”

由梨：“因为……继续按 COUNT 按钮，指针说不定会绕一圈回到
　　原点，再继续按 COUNT 按钮排列模式可能变成 024。”

我："的确如此，可以这么说。"

由梨："你可以写在纸上帮助思考哦！"

我："来写写看吧。令 N 为排列模式 024 所需的按 COUNT 按钮的次数。"

由梨："出现了'令 N 为……'。"

我："是啊，与其用'排列模式 024 所需的按 COUNT 按钮的次数'这种冗长的讲法，不如用 N 来代替。"

- N 为"除以 2，余 0"的数。
- N 为"除以 3，余 2"的数。
- N 为"除以 5，余 4"的数。

由梨："先从'除以 5，余 4'的数开始吗？"

我："可以啊，从这里开始吧。'除以 5，余 4'……"

4、9、14、19、24、29、34、39、44、49、54、59、64……

由梨："这些数的个位都是 4 和 9。"

我："是啊，从这些数中，挑出'偶数'……"

4、14、24、34、44、54、64……

由梨："啊，只剩下个位是 4 的数。"

我："因为我们只选了个位是偶数的数。"

由梨："没错。"

我："这些数对照'除以 3，余 2'的数，个位是 4 的数有……"

2、5、8、11、**14**、17、20、23、26、29、
　　　　　　　↑
32、35、38、41、**44**、47、50……
　　　　　　　↑

由梨："看吧，大于 14 的数当中有符合条件的数。不只 14，44 也
　　　可以，一定有比 44 大的数也符合条件。"

我："哎呀，其实不用写这么多。"

由梨："咦，为何?"

我："14 加 30 即可，我刚才怎么没发现呢? 嗯，所以答案是'要
　　　转出排列模式 024，需按 COUNT 按钮的次数'为……"

魔术时钟的解答

要达到我们的目标——排列模式为 024——最少要按 COUNT
按钮 14 次。

14、44、74、104、134、164……

按 COUNT 按钮的次数为 "30 的倍数加 14"，所得的排列模
式即为 024。

以数学式表示，则为：

$$30n+14 \ (n=0、1、2、3……)$$

由梨："咦，为什么是 30，这个数是哪来的？"

我："由梨，按 30 次 COUNT 按钮，这 3 个时钟的指针会绕一圈回到原点。而 30 是 2、3、5 的乘积。"

$$2 \times 3 \times 5 = 30$$

由梨："为什么要相乘呢？"

我："因为⋯⋯"

- "2 的时钟"按 2 次 COUNT 按钮，指针会变回 0。
  换句话说，按"2 的倍数"次 COUNT 按钮，指针会变回 0。

- "3 的时钟"按 3 次 COUNT 按钮，指针会变回 0。
  换句话说，按"3 的倍数"次 COUNT 按钮，指针会变回 0。

- "5 的时钟"按 5 次 COUNT 按钮，指针会变回 0。
  换句话说，按"5 的倍数"次 COUNT 按钮，指针会变回 0。

由梨："然后呢？"

我："如果按 COUNT 按钮的次数是 2 的倍数，也是 3 的倍数，又是 5 的倍数，那么所有的时钟的指针都会变回 0。"

由梨："啊！"

我："刚才说的'是 2 的倍数，也是 3 的倍数，又是 5 的倍数'，
是指 2、3、5 的公倍数。而 2×3×5 是最小公倍数，因此得
到的 30 是最小公倍数。"

由梨："哦……咦? 要求最小公倍数，是要把每个数都相乘吗?"

我："不是，把每个数都相乘不一定会得到最小公倍数，但一定是
公倍数。"

由梨："没错。"

我："不过，2、3、5 都是素数。3 个素数相乘，就是最小公倍数哦!"

5.10　用表来思考

由梨："哥哥，我觉得啊……"

我："嗯?"

由梨："按照哥哥的想法做，虽然可以算出排列模式 024 所需的按
COUNT 按钮的次数，但好像没办法'瞬间了解'。哥哥的做
法好麻烦!"

我："出现了，由梨的'好麻烦'。"

由梨："嗯?"

我："没事……你说得对，想要'瞬间了解'，可以'用表来思考'哦!"

由梨："用表来思考?"

我："没错，用表即能马上看出 14 是答案，只需再加 30。"

按 COUNT 按钮的次数与排列模式一览表

按 COUNT 按钮的次数	2 的时钟	3 的时钟	5 的时钟
0	0	0	0
1	1	1	1
2	0	2	2
3	1	0	3
4	0	1	4
5	1	2	0
6	0	0	1
7	1	1	2
8	0	2	3
9	1	0	4
10	0	1	0
11	1	2	1
12	0	0	2
13	1	1	3
⇒ 14	0	2	4
15	1	0	0
16	0	1	1
17	1	2	2
18	0	0	3
19	1	1	4
20	0	2	0
21	1	0	1
22	0	1	2
23	1	2	3
24	0	0	4
25	1	1	0
26	0	2	1
27	1	0	2
28	0	1	3
29	1	2	4
30	0	0	0

由梨："哇，做这张表真麻烦！但是，的确能马上看出答案。"

我："把指针变回 0 的地方都画线标记，应该会比较清楚。"

按 COUNT 按钮的次数与排列模式一览表（画线标记）

按 COUNT 按钮的次数	2 的时钟	3 的时钟	5 的时钟
0	0	0	0
1	1	1	1
2	0	2	2
3	1	0	3
4	0	1	4
5	1	2	0
6	0	0	1
7	1	1	2
8	0	2	3
9	1	0	4
10	0	1	0
11	1	2	1
12	0	0	2
13	1	1	3
14	0	2	4
15	1	0	0
16	0	1	1
17	1	2	2
18	0	0	3
19	1	1	4
20	0	2	0
21	1	0	1
22	0	1	2
23	1	2	3
24	0	0	4
25	1	1	0
26	0	2	1
27	1	0	2
28	0	1	3
29	1	2	4
30	0	0	0

由梨："哦……"

我："画线可看出 3 个时钟的指针变回 0 的时机会渐渐岔开，而且按到第 30 次，指针都会变回 0。"

由梨："真的呢！"

我："由一览表可知，按 30 次的结果和按 0 次一样。因为按 30 次 COUNT 按钮，3 个时钟的指针会绕一圈回到原点。"

由梨："做成表也不错，但是魔术时钟不能弄得更'浅显易懂'吗？"

我："你的'浅显易懂'是指什么方法呢？"

由梨："这个嘛……不要有一大堆步骤，但可以有一点儿计算。"

我："你的要求不少嘛！"

　　我思索有没有其他方法，不过我实在想不到更好的方法。不管是哪种排列模式还是要按几次 COUNT 按钮，做表都可看得一清二楚。

由梨："你还没想到吗？"

我："我正在想啊！"

由梨："如果时钟只有一个，应该会简单许多。"

我："这么说也没……咦？"

由梨："咦？"

我："这种想法还不错，把时钟变成一个，再使指针指向 1。"

由梨："哥哥，可以请你说日语吗？"

魔术时钟的问题（重来）

按下 RESET 按钮，排列模式将变成 000。

 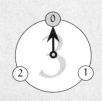 

排列模式 000

每按一次 COUNT 按钮，3 个时钟的指针皆会前进一格。请问：要按几次 COUNT 按钮，排列模式才会变成 024 呢？

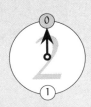  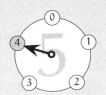

排列模式 024

5.11 找到思考的方向

由梨："'使指针指向 1'是什么意思呢？"

我："我仔细说明一遍吧。由梨，为什么你觉得这 3 个'魔术时钟’的问题，解答起来很麻烦呢?"

由梨: "因为有 3 个时钟转来转去。"

我: "没错，如果‘时钟只有一个’会简单许多。"

由梨: "可是……"

我: "假如我们只看‘5 的时钟’，答案会变得很简单。要想指针指向 4 就按 4 次 COUNT 按钮。"

由梨: "这样说没错啦!"

我: "按 4 次 COUNT 按钮，再按 5 的倍数次，指针不会改变位置。‘5 的时钟’的指针指向 4，再按 5 次、10 次、15 次，指针指的位置还是 4。"

由梨: "这是因为按 5 次 COUNT 按钮，指针会绕一圈回到原点吗?"

我: "没错，按 5 次 COUNT 按钮，‘5 的时钟’的指针会绕一圈回到原点。"

由梨: "不过时钟有 3 个呢，哥哥说‘如果时钟只有一个会简单许多’也于事无补啊!"

我: "嗯，虽然如此，但有我这种想法也是一件好事哦!"

由梨: "为什么?"

我: "因为这可以成为解题的‘线索’，成为思考的方向，像推理小说一样，紧抓重要线索……"

由梨: "不要扯到推理小说啦! 你有办法把 3 个时钟变成一个吗?"

我：“有，我有办法把 3 个时钟变成一个哦!”

由梨：“真的吗?”

5.12　把 3 个时钟变成一个

我：“你看，刚才我按 COUNT 按钮的时候，你不是叫我暂停一下吗? 在我按 6 次的时候。”

由梨：“嗯。”

我：“刚才，我们先按 RESET 按钮，让排列模式变成 000，再按 6 次 COUNT 按钮，让排列模式变成 001。”

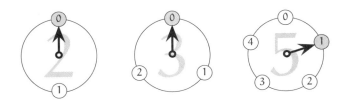

原本排列模式为 000，按 6 次 COUNT 按钮，
排列模式会变成 001

由梨：“没错。”

我：“若排列模式是 001，‘2 的时钟’和‘3 的时钟’的指针都指向 0，只有‘5 的时钟’的指针指向 1 吧?”

由梨：“那又怎样?”

我："虽然我们知道'2 的时钟'和'3 的时钟'的指针转了好几
　　圈才指向 0，但我们可以当作这 2 个时钟的指针没有转过。"

由梨："当作没有转过?"

我："是啊，接着再回来看排列模式 001，好像'2 的时钟'和'3
　　的时钟'的指针都没转，只有'5 的时钟'的指针前进了
　　一格。"

由梨："哇! 看起来的确是这样，但是……"

我："就是这样，刚才说的'时钟变成一个，再使指针指向 1'，
　　是我看到 001 这种排列模式，突然想到的。"

由梨："哥哥，我还是不懂。"

我："讲仔细一点儿，就是'按 6 次 COUNT 按钮，只有'5 的时
　　钟'的指针会前进一格'的意思。"

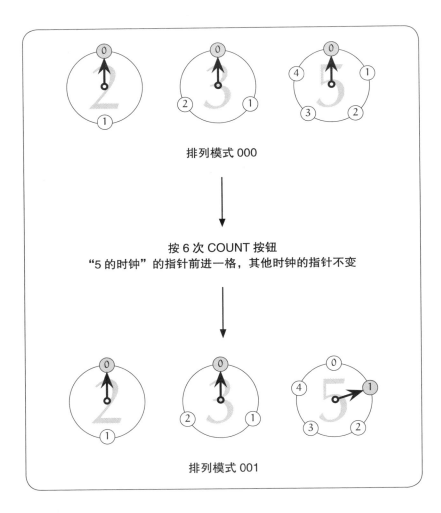

排列模式 000

按 6 次 COUNT 按钮
"5 的时钟"的指针前进一格，其他时钟的指针不变

排列模式 001

由梨："这个我知道啦！那又怎样？"

我："如果排列模式为 001，再按 6 次 COUNT 按钮，排列模式会变成 002 吧？"

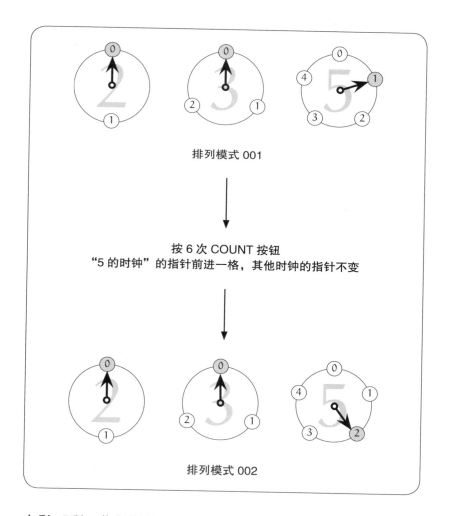

排列模式 001

按 6 次 COUNT 按钮
"5 的时钟"的指针前进一格，其他时钟的指针不变

排列模式 002

由梨："啊，你想说的是，按 6 次 COUNT 按钮，只有'5 的时
　　　钟'的指针会前进一格。"

我："没错。按 6 次 COUNT 按钮，只有'5 的时钟'的指针会前
　　进一格，其他时钟的指针则可当作完全没转动。重复数次

'一口气按 6 次'COUNT 按钮的动作，既能使其他时钟的指针保持不变，又能使'5 的时钟'的指针指向 0、1、2、3、4 中的任意一个数。"

由梨："嗯，没错。"

我："把'一口气按 6 次 COUNT 按钮'想成一个动作，这样相当于只有一个时钟，即只有'5 的时钟'的指针在转动。看吧，这是把时钟变成一个的方法。"

由梨："这样啊……哦，难道，哥哥想……"

我："由梨，你发现了吗?"

由梨："你想把 3 个时钟组合在一起?"

我："没错。"

由梨："原来如此。"

我："你不觉得这个主意不错吗? 魔术时钟的问题会这么麻烦，是因为按 COUNT 按钮，3 个时钟的指针都会转动。想转出目标的排列模式，得同时考虑 3 个时钟，相当麻烦。把 3 个时钟组合在一起，会简单许多。"

由梨："这样啊……等一下，事情会这么顺利吗?'5 的时钟'是可以这么做，但其他时钟是否也能按照这种方式处理呢?'2 的时钟'能这么做吗?"

我："会很顺利哦，你只需知道'按几次 COUNT 按钮，能让排列模式从 000 变成 100'。"

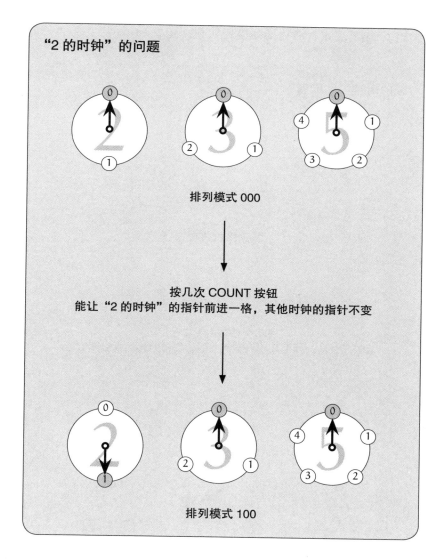

"2 的时钟"的问题

排列模式 000

按几次 COUNT 按钮

能让"2 的时钟"的指针前进一格，其他时钟的指针不变

排列模式 100

由梨："……"

我："'3 的时钟'可以用同样的方式思考，问题会变成'按几次

COUNT 按钮，能让排列模式从 000 变成 010'。"

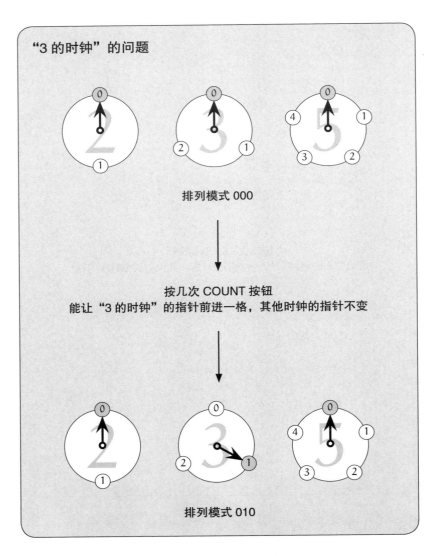

由梨："想办法转出排列模式 100、010 和 001。原来如此，做成
　　一览表可以马上看出来。"

按 COUNT 按钮的次数与排列模式一览表

按 COUNT 按钮的次数	2 的时钟	3 的时钟	5 的时钟
0	0	0	0
1	1	1	1
2	0	2	2
3	1	0	3
4	0	1	4
5	1	2	0
⇒ 6	0	0	1
7	1	1	2
8	0	2	3
9	1	0	4
⇒ 10	0	1	0
11	1	2	1
12	0	0	2
13	1	1	3
14	0	2	4
⇒ 15	1	0	0
16	0	1	1
17	1	2	2
18	0	0	3
19	1	1	4
20	0	2	0
21	1	0	1
22	0	1	2
23	1	2	3
24	0	0	4
25	1	1	0
26	0	2	1
27	1	0	2
28	0	1	3
29	1	2	4

- 按 15 次 COUNT 按钮，排列模式变成 100。

- 按 10 次 COUNT 按钮，排列模式变成 010。

- 按 6 次 COUNT 按钮，排列模式变成 001。

我："这是因为 3×5＝15、2×5＝10 及 2×3＝6。"

$$3 \times 5 = 15 \quad \rightarrow \quad 排列模式\ 100$$

$$2 \times 5 = 10 \quad \rightarrow \quad 排列模式\ 010$$

$$2 \times 3 = 6 \quad \rightarrow \quad 排列模式\ 001$$

由梨："咦，乘法是什么意思?"

我："这是在计算时钟的指针会在何时绕一圈指向原点，指向 0。"

- 若为"2 的倍数"，"2 的时钟"的指针会指向 0。

- 若为"3 的倍数"，"3 的时钟"的指针会指向 0。

- 若为"5 的倍数"，"5 的时钟"的指针会指向 0。

由梨："……"

我："因此，要让'3 的时钟'和'5 的时钟'的指针都指回 0，按
　　COUNT 按钮的次数必定'既是 3 的倍数，又是 5 的倍数'。"

由梨："原来如此。要用乘法。"

我："是啊! 既是 3 的倍数，又是 5 的倍数是指 3 和 5 的公倍数。"

由梨："嗯。"

我："因为'3 的时钟'和'5 的时钟'的指针都指向 0，所以排

列模式是 *00 的形式，而 * 是 0 或 1。"

由梨："是。"

我："因为 15 是 3 和 5 的其中一个公倍数，所以按 15 次 COUNT
按钮，排列模式会变成 *00 的形式。而此时按 15 次 COUNT
按钮，排列模式正好会变成 100。用同样的方式操作其他
时钟。"

- 按 3×5＝15 次 COUNT 按钮，排列模式会变成 100。
- 按 2×5＝10 次 COUNT 按钮，排列模式会变成 010。
- 按 2×3＝6 次 COUNT 按钮，排列模式会变成 001。

由梨："原来是这样……"

我："由此可知如何转出排列模式 100、010 和 001，接着只需利
用'一口气按完'的概念操作。"

- "一口气按 15 次"COUNT 按钮，只有"2 的时钟"的指针
  会前进一格。
- "一口气按 10 次"COUNT 按钮，只有"3 的时钟"的指针
  会前进一格。
- "一口气按 6 次"COUNT 按钮，只有"5 的时钟"的指针
  会前进一格。

由梨："嗯，我懂了。"

我："听懂这部分，接下来会很简单，只需把 3 个时钟的指针转到

目标排列模式。"

由梨："像调整时钟一样吗？"

我："没错，像调整时针、分针、秒针一样。假设我们想转出排列
模式 024。"

- "一口气按 15 次"COUNT 按钮操作 0 次。
- "一口气按 10 次"COUNT 按钮操作 2 次。
- "一口气按 6 次"COUNT 按钮操作 4 次。

由梨："把这些加起来吗？"

我："没错。"

$$15 \times 0 + 10 \times 2 + 6 \times 4 = 0 + 20 + 24 = 44$$

我："按 44 次 COUNT 按钮能达到目标排列模式 024。"

由梨："咦？奇怪呢！太多了吧，刚刚的一览表不是只有 14 次吗？"

我："是啊！但是，按 30 次 COUNT 按钮，3 个时钟的指针都会
指向 0，所以只需减 30 的倍数，一直减 30 直到不够减，
44−30＝14 就是这样来的。"

由梨："这样啊……"

我："某数一直减 30，但不能让它小于 0。最后所得的数，由梨，
你觉得这是在算什么？"

由梨："嗯？我想想……啊，余数。"

我："没错。这是除以 30 所得的余数，接着来整理我们刚才使用

的方法吧。"

魔术时钟的解答

由"2 的时钟""3 的时钟""5 的时钟"构成的魔术时钟，

可以按照以下步骤解答：

步骤 1. 找出只让一个时钟的指针前进一格，其他时钟的指
针不变的方法（使排列模式成为 100、010、001）。

步骤 2. 计算各种排列模式所需的按 COUNT 按钮的次数
（15 次、10 次、6 次）。

步骤 3. 将 3 个时钟各自转到目标排列模式，所需的按 COUNT
按钮的次数加总（设目标排列模式为 024，应转
$15 \times 0 + 10 \times 2 + 6 \times 4 = 44$ 次）。

步骤 4. 将加总的次数除以最小公倍数（30），求余数，便是所
需的最少按 COUNT 按钮的次数（$44 \div 30 = 1 \cdots\cdots 14$）。

步骤 5. 将最少按 COUNT 按钮的次数加最小公倍数的倍数
（$30n$），可得按 COUNT 按钮的次数的一般解（按
COUNT 按钮的次数为 $30n + 14$，而 $n = 0$、1、2、
$3 \cdots\cdots$）。

由梨："是把时钟组合起来啦！"

我："因为你给的提示很棒啊，'如果时钟只有一个，应该会简单

许多'。"

由梨："真的吗?"

我："3 个时钟分开考虑很麻烦, 但 2 个时钟不变, 让剩下的一个
时钟的指针前进, 会简单许多。"

由梨："哥哥, 我觉得啊……"

我："怎么了?"

由梨："'3 个时钟的组合'看起来像'一个超大时钟'。"

我："超大时钟?"

由梨："刚才用 2、3、5 的最小公倍数 30 当除数吧? 那是因为按
30 次 COUNT 按钮, 指针会绕一圈回到原点, 排列模式变成
000。这就是按 30 次 COUNT 按钮, 指针会绕一圈回到原点
的时钟呀……'30 的时钟'。"

我："啊, 说得也是, 的确很像一个大时钟。"

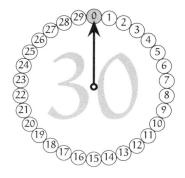

30 的时钟

由梨："好好玩。"

妈妈："孩子们，吃点心啰！"

从厨房传来妈妈的呼唤。

由梨："好，来了。"

我边吃点心边想，"2 的时钟""3 的时钟""5 的时钟"这 3 个小的时钟，以及大时钟"30 的时钟"。

我想把大时钟分解成小的时钟。

时钟的质因子分解……

$$30 = 2 \times 3 \times 5$$

只要能转出排列模式 100、010 及 001，其他排列模式皆可转出。

等一下！

若是这样，就算不是 2、3、5 这种素数，此方法也行得通吧？

"明明从未见过，为什么你确定能做出来呢？"

第 5 章的问题

●问题 5-1（魔术时钟）

按下魔术时钟的 RESET 按钮，3 个时钟的指针会都归零，若想将排列模式变成 123，应按几次 COUNT 按钮呢？请回答一般解。请不要看第 194 页的一览表，自己先想想看。

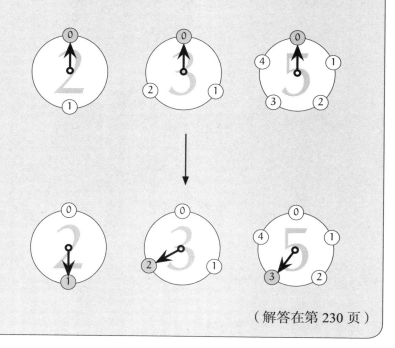

（解答在第 230 页）

●问题 5-2（魔术时钟）

按下魔术时钟的 RESET 按钮，3 个时钟的指针会都归零，若想将排列模式变成 124，应按几次 COUNT 按钮呢？请回答一般解。请不要看第 194 页的一览表，自己先想想看。

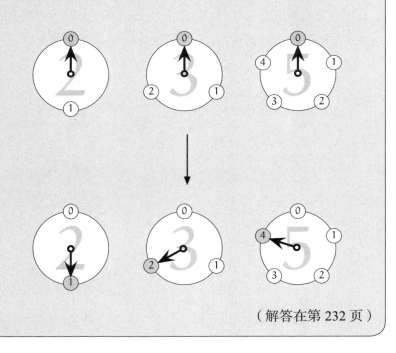

（解答在第 232 页）

●**问题 5-3（魔术时钟）**

若想将魔术时钟的排列模式由 123 变成 000，应按几次 COUNT 按钮呢？请回答一般解。请不要看第 194 页的一览表，自己先想想看。

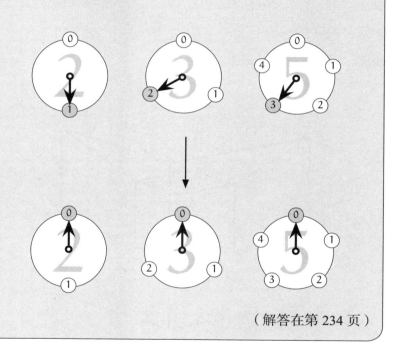

（解答在第 234 页）

尾声

　　某天下午，在数学资料室。

少女:"哇，有好多有趣的东西!"

老师:"是啊!"

少女:"老师，这是什么呢?"

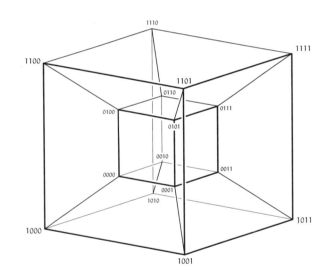

老师:"你觉得这是什么呢?"

少女:"立方体。"

老师:"没错，但这是四维的立方体，超立方体。"

少女:"超立方体?"

老师："没错，因为它难以塞进三维空间，所以看起来有点儿歪。

你看，上面标示的顶点坐标。"

少女："看起来像二进制的数。"

老师："1001 可看作二进制的数，也可看作四维的坐标（1，0，

0，1）。沿着边移动，其中一个坐标会依循固定规则改变。"

少女："有 16 个顶点呢！"

老师："因为是四维啊！"

少女："老师，这又是什么呢？"

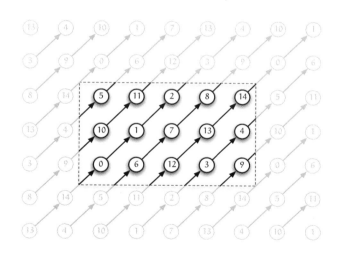

老师："你觉得是什么呢？"

少女："排成斜斜的数列加上好几条直线。"

老师："其实，直线只有一条。"

少女："咦？"

老师："只看框内 3×5 的范围，能看出单一螺旋。"

少女："照着号码顺序看吗?"

老师："没错，你会发现这个构造很像甜甜圈。"

少女："甜甜圈?"

老师："上下边照着号码顺序，用箭头连起来，犹如把这 2 条边粘起来，左右边也这么做，即能做出甜甜圈。"

少女："哇!"

老师："这个甜甜圈的表面是二维环面。3×5=15 个点在二维环面上，靠一条线串成螺旋。"

少女："老师，这又是什么呢?"

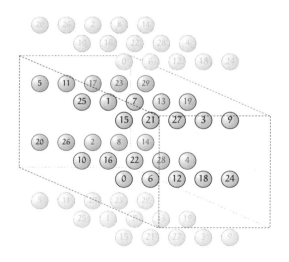

老师："你觉得是什么呢?"

少女："……"

老师："怎么了?"

少女："等一下,我想想看。照着号码顺序看……"

老师："嗯。"

少女："我知道,是三维环面。把上下面、左右面、前后面各自粘
起来。2×3×5＝30 个点在三维环面上,靠一条线串成螺旋,
对吧?"

老师："亏你看得出来。"

少女："这是老师平常的模式啊,增加维度来吓别人。"

老师："注意重复的地方,就能看出排列规则。排列规则隐藏在许
多地方,若能找出规则,即能捕捉到无限。"

少女："捕捉到无限……"

老师："其实,三维环面也是一个魔术时钟。"

少女："魔术时钟?"

老师："是啊! 由 2、3、5 组成的'魔术时钟'。"

少女："必须都是素数吗?"

老师："任意 2 个数的最大公因子是 1 即可。"

少女："按 2×3×5＝30 次 COUNT 按钮,指针会绕一圈回到原点。"

　　少女一边说一边呵呵笑。

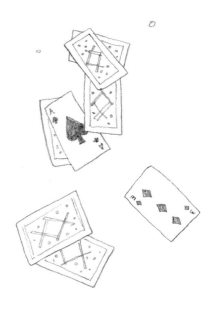

解答

ANSWERS

第 1 章的解答

●问题 1–1（判断是否为 3 的倍数）

请判断 (a)、(b)、(c) 是否为 3 的倍数。

(a) 123 456；

(b) 199 991；

(c) 111 111。

■解答 1–1

虽然可以将这些数直接除以 3，但利用 3 的倍数判别法（第 2 页），求各位数的和，再除以 3 会更简单。

(a) 1+2+3+4+5+6=21，3 可以整除 21，所以 123 456 是 3 的倍数。

(b) 1+9+9+9+9+1=38，3 不可以整除 38，所以 199 991 不是 3 的倍数。

(c) 1+1+1+1+1+1=6，3 可以整除 6，所以 111 111 是 3 的倍数。

答： (a) 和 (c) 是 3 的倍数，(b) 不是 3 的倍数。

此外，还有一个小秘诀。若将一个数各位数相加，以判断是否为 3 的倍数，可忽略是 3 的倍数的数。

因此，(a) 不需要考虑 3 和 6，只需计算 1+2+4+5。因为 1+2 会得到 3，所以不必计入。我们只需计算 4+5=9，即可确定 (a) 是 3 的倍数。

(b) 有多个 9，9 是 3 的倍数，所以不必计入。因此，(b) 只需计算 1+1=2，就可确定 (b) 不是 3 的倍数。

(c) 每一位的数都是 1，例如 1、11、111、1111，只要位数是 3 的倍数，整个数就是 3 的倍数。

$$1、11、\underbrace{111}_{3位数}、1111、11111、\underbrace{111111}_{6位数}、1111111……$$

● 问题 1-2（用数学式表示）

设 n 为偶数，且 $0 \leq n < 1000$。若将 n 的百位数、十位数、个位数分别用整数 a、b、c 来表示，则 a、b、c 有可能是哪些数呢？

■解答 1-2

百位数和十位数是 0、1、2、3……9 中的任意一个数都可以，但 n 为偶数，所以个位数必须是偶数。若个位数是偶数，则

n 也是偶数，因此 a、b、c 可以用以下的数表示。

$$a = 0、1、2、3、4、5、6、7、8、9$$
$$b = 0、1、2、3、4、5、6、7、8、9$$
$$c = 0、2、4、6、8$$

● 问题 1-3（制作表格）

"我"想以下式计算 n 的各位数总和 A_n：

$$A_{316} = 3 + 1 + 6 = 10$$

请在下表的空白处，填入正确答案。

n	0	1	2	3	4	5	6	7	8	9
A_n										

n	10	11	12	13	14	15	16	17	18	19
A_n										

n	20	21	22	23	24	25	26	27	28	29
A_n										

n	30	31	32	33	34	35	36	37	38	39
A_n										

n	40	41	42	43	44	45	46	47	48	49
A_n										

n	50	51	52	53	54	55	56	57	58	59
A_n										

n	60	61	62	63	64	65	66	67	68	69
A_n										

n	70	71	72	73	74	75	76	77	78	79
A_n										

n	80	81	82	83	84	85	86	87	88	89
A_n										

n	90	91	92	93	94	95	96	97	98	99
A_n										

n	100	101	102	103	104	105	106	107	108	109
A_n										

■解答 1−3

如下表所示。

n	0	1	2	3	4	5	6	7	8	9
A_n	0	1	2	3	4	5	6	7	8	9

n	10	11	12	13	14	15	16	17	18	19
A_n	1	2	3	4	5	6	7	8	9	10

n	20	21	22	23	24	25	26	27	28	29
A_n	2	3	4	5	6	7	8	9	10	11

n	30	31	32	33	34	35	36	37	38	39
A_n	3	4	5	6	7	8	9	10	11	12

n	40	41	42	43	44	45	46	47	48	49
A_n	4	5	6	7	8	9	10	11	12	13

n	50	51	52	53	54	55	56	57	58	59
A_n	5	6	7	8	9	10	11	12	13	14

n	60	61	62	63	64	65	66	67	68	69
A_n	6	7	8	9	10	11	12	13	14	15

n	70	71	72	73	74	75	76	77	78	79
A_n	7	8	9	10	11	12	13	14	15	16

n	80	81	82	83	84	85	86	87	88	89
A_n	8	9	10	11	12	13	14	15	16	17

n	90	91	92	93	94	95	96	97	98	99
A_n	9	10	11	12	13	14	15	16	17	18

n	100	101	102	103	104	105	106	107	108	109
A_n	1	2	3	4	5	6	7	8	9	10

第 2 章的解答

●问题 2-1（素数）

请从下列选项中，选出正确的数学叙述。

(a) 91 是素数。

(b) 2 个素数的和为偶数。

(c) 大于或等于 2 的整数，若非合数，必为素数。

(d) 素数恰有 2 个因子。

(e) 合数有 3 个或以上的因子。

■解答 2-1

(a) 91 是素数。

错误。由质因子分解可得 91=7×13，由此可知 91 不是素数，是合数。

(b) 2 个素数的和为偶数。

错误。举例来说，2 和 3 虽然是素数，但 2+3=5，5 不是偶数。

(c) 大于或等于 2 的整数，若非合数，必为素数。

正确。大于或等于 2 的整数，若非合数，必为素数。

(d) 素数恰有 2 个因子。

正确。素数 p 只有 1 和 p 这 2 个因子。

(e) 合数有 3 个或以上的因子。

正确。假设整数 N 为合数，则 N 可写成整数 m 与整数 n 的乘积，$N=mn$（其中 $1<m<N$，且 $1<n<N$），所以 N 至少有 1、m、N 这 3 个因子。此外，由于 m 可能与 n 相等，因此无法保证 N 有 4 个因子。举例来说，9 是合数，且 $9=3\times3$，9 有 3 个因子，分别为 1、3、9。

答: (c)、(d)、(e)。

●问题 2-2(埃拉托斯特尼筛法)

请利用埃拉托斯特尼筛法，求出小于 200 的所有素数。

■解答 2-2

如下表所示。

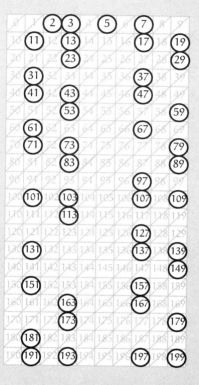

小于 200 的素数表

●问题 2-3（改良埃拉托斯特尼筛法）

第 47 页所描述的埃拉托斯特尼筛法的步骤，并没有利用"若 $p^2>N$，则剩下的数全是素数"的概念。现在，请你利用这个概念，改良埃拉托斯特尼筛法的步骤。

■解答 2-3

加入"步骤 2"来改良。

埃拉托斯特尼筛法（找素数的方法，改良版）

通过以下步骤，可圈出小于自然数 N 的所有素数，并删掉零、单位数，以及合数。

步骤 1. 将 0 到 N 的所有整数，依序排入表中，删掉 0 和 1（即删掉零与单位数）。

步骤 2. 若还有数没被删掉，则圈出这些数中最小的 p（圈出来的 p 即为素数）。若没有其他剩下的数，则到此结束。

步骤 3. 若 $p^2>N$，则将剩下的数圈起来（圈起来的数即为素数）。

步骤 4. 删掉所有比素数 p 大的 "p 的倍数"（被删掉的数为有因子 p 的合数）。回到步骤 2。

●问题 2-4（二次多项式 n^2+n+41）

证明：若 n 为大于或等于 0 的整数，则二次多项式 $P(n)=n^2+n+41$ 的值必为奇数。

■解答 2-4

证明 1（分成偶数与奇数 2 种情况来讨论）

以 n 为偶数及 n 为奇数 2 种情况来讨论。

若 n 为偶数，则 n^2 与 n 皆为偶数。因为 41 是奇数，所以 n^2+n+41 为：偶数 + 偶数 + 奇数 = 奇数。

若 n 为奇数，则 n^2 与 n 皆为奇数。因为 41 是奇数，所以 n^2+n+41 为：奇数 + 奇数 + 奇数 = 奇数。

因此，$P(n)$ 必为奇数。

（证明结束）

证明 2（数学式的变形）

将数学式转换成以下形式，

$$n^2+n+41=n(n+1)+41$$

等号右边的 n 及 $n+1$，刚好有一个是偶数，因此 $n(n+1)$ 必为偶数。因为 $n(n+1)+41$ 是偶数与奇数之和，所以结果必为奇数。

因此，$P(n)$ 必为奇数。

（证明结束）

第 3 章的解答

●问题 3-1（用卡片表示）

用本章的 5 张猜数卡片来表示 25 吧。请写出那些被翻到正面的卡片中左上角的数是多少。

■解答 3-1

利用第 97 页的方法，重复进行数次除法即可求出。

$$25 \div 16 = 1 \cdots\cdots 9$$

$$9 \div 8 = 1 \cdots\cdots 1$$

$$1 \div 4 = 0 \cdots\cdots 1$$

$$1 \div 2 = 0 \cdots\cdots 1$$

$$1 \div 1 = 1 \cdots\cdots 0$$

除以 16、8、1，商等于 1，所以左上角的数为 16、8、1 的卡片会被翻到正面。

答：左上角的数是 16、8、1。

●问题 3-2（卡片上的数）

本章的 5 张猜数卡片中，有一张卡片左上角的数是 2。请写出这张卡片上所有的数。（不要看前文，试着自己回答。）

```
2  ?  ?  ?
?  ?  ?  ?
?  ?  ?  ?
?  ?  ?  ?
```

■解答 3-2

如下所示。

```
2  3  6  7
10 11 14 15
18 19 22 23
26 27 30 31
```

答：2、3、6、7、10、11、14、15、18、
19、22、23、26、27、30、31。

从 0 至 31 中，通过"跳过 2 个数，再选 2 个数"的方式，可挑出这些数。亦可通过判断"除以 4，余数是否为 2 或 3"的

方式挑选。

若以第 102 页的鳄鱼来说明，左上角的数为 2 的卡片所列出的数，皆是能让 2 的鳄鱼吃到东西的数。

●问题 3-3（4 的倍数）

你能够在本章的 5 张猜数卡片一字排开时，一眼看出"出题者选的数是不是 4 的倍数"吗？假设 5 张猜数卡片左上角的数由左至右依序为 16、8、4、2、1，请问：此数是否为 4 的倍数？

■解答 3-3

因为 4 的倍数除以 4，余数为 0，所以最右边的 2 张猜数卡片（左上角为 2 和 1 的卡片）皆翻到背面，出题者所选的数即为 4 的倍数。5 张猜数卡片左上角的数由左至右依序为 16、8、4、2、1 时，此数为 16+8+4+2+1=31，不是 4 的倍数。

> 答：最右边的 2 张猜数卡片皆翻到背面，
> 出题者所选的数即为 4 的倍数。

若以第 102 页的鳄鱼来说明，4 的倍数会让 2 的鳄鱼和 1 的鳄鱼没有东西吃。

●问题 3-4（正面与背面交换）

以本章的 5 张猜数卡片来表示某数 N，再把这 5 张卡片的正面与背面交换（把本来翻到正面的卡片翻到背面，反之亦然）。此时，这 5 张卡片表示的是什么数呢？请用 N 来表示。

■解答 3-4

加总所有猜数卡片左上角的数，可得到 31。将表示 N 的 5 张猜数卡片的正面与背面交换，它所表示的数会变成 $31-N$。

答：$31-N$。

●问题 3-5（n 张卡片）

本章的 5 张猜数卡片上都写着 16 个数。如果使用 n 张猜数卡片，卡片上应写几个数呢？

■解答 3-5

n 张猜数卡片可用来表示从 0 到 2^n-1，共 2^n 个数，以及 2^n 种排列模式。在所有的排列模式中，每张卡片有一半的概率会被翻到正面，所以卡片上写的数的个数为 2^n 的一半，亦即 2^{n-1} 个。

答：2^{n-1} 个。

第 4 章的解答

●问题 4-1（递归式）

假设数列 $\{F_n\}$ 用下列递归式定义，求此数列前 10 项（F_1、F_2、F_3……F_{10}）的数值。

$$\begin{cases} F_1 = 1 \\ F_2 = 1 \\ F_n = F_{n-1} + F_{n-2} \quad (n = 3 \text{、} 4 \text{、} 5 \cdots\cdots) \end{cases}$$

■解答 4-1

题目定义最初 2 项为：$F_1 = 1$、$F_2 = 1$。

F_3 及之后的项可用递归式求出：

$$\begin{aligned} F_3 &= F_2 + F_1 & &\text{递归式} \\ &= 1 + 1 & &F_2 = 1 \text{、} F_1 = 1 \\ &= 2 \end{aligned}$$

按照递归式继续算下去。

$$F_4 = F_3 + F_2 = 2 + 1 = 3$$

$$F_5 = F_4 + F_3 = 3 + 2 = 5$$

$$F_6 = F_5 + F_4 = 5 + 3 = 8$$

$$F_7 = F_6 + F_5 = 8 + 5 = 13$$

$$F_8 = F_7 + F_6 = 13 + 8 = 21$$

$$F_9 = F_8 + F_7 = 21 + 13 = 34$$

$$F_{10} = F_9 + F_8 = 34 + 21 = 55$$

整理结果可得下表。

n	1	2	3	4	5	6	7	8	9	10
F_n	1	1	2	3	5	8	13	21	34	55

这个数列又称为斐波那契数列。

答：1、1、2、3、5、8、13、21、34、55。

●**问题 4-2（一般项）**

下表列出了数列 $\{a_n\}$ 的前 10 项，请推论一般项 a_n，并以 n 表示。

n	1	2	3	4	5	6	7	8	9	10	…
a_n	-1	3	-5	7	-9	11	-13	15	-17	19	…

■**解答 4-2**

若无视数列 $\{a_n\}$ 各项的正负号，即为 1、3、5、7、9、11、13、15、17、19……的奇数数列。

另外，若 n 为奇数，a_n 为负数（$a_n < 0$）；若 n 为偶数，a_n 为

正数（$a_n > 0$）。

因此，a_n 的一般项可用下式表示：

$$a_n = (-1)^n (2n-1)$$

答： $a_n = (-1)^n (2n-1)$。

补充说明： 若 $n = 1$、2、3……，则 $(-1)^n$ 的数值如下表所示。

n	1	2	3	4	5	6	7	8	9	…
$(-1)^n$	−1	1	−1	1	−1	1	−1	1	−1	…

由表可知，若 n 为偶数，$(-1)^n$ 为 1；若 n 为奇数，$(-1)^n$ 为 −1。在奇偶项之间，交互变换正负号的数列，常会用到 $(-1)^n$。

●问题 4-3（数学归纳法）

请利用数学归纳法证明，对于所有正整数 $n = 1$、2、3……，下列等式皆成立。

$$1 + 2 + 3 + \cdots + n = \frac{n(n+1)}{2}$$

■解答 4-3

先令下式为 $P(n)$。

$$P(n) = 1 + 2 + 3 + \cdots + n = \frac{n(n+1)}{2}$$

步骤 A

由下式可知 $P(1)$ 成立。

$$P(1) = 1 = \frac{1(1+1)}{2}$$

步骤 B

假设 $P(k)$ 成立，以下计算将证明 $P(k+1)$ 亦成立。

$$1 + 2 + 3 + \cdots + k + (k+1)$$

$$= \frac{k(k+1)}{2} + (k+1) \qquad 利用 P(k) 成立的假设$$

$$= \frac{k(k+1) + 2(k+1)}{2} \qquad 通分$$

$$= \frac{(k+1)(k+2)}{2} \qquad 提出 (k+1)$$

因此下式成立：

$$1 + 2 + 3 + \cdots + k + (k+1) = \frac{(k+1)(k+2)}{2}$$

这代表 $P(k+1)$ 亦成立。

因此，由数学归纳法可知，对于所有正整数 n 而言，$P(n)$ 皆成立。

（证明结束）

●问题 4-4（数学归纳法）

请利用数学归纳法证明，对于所有正整数 $n = 1$、2、$3 \cdots \cdots$，
下列等式皆成立。

$$F_1 + F_2 + F_3 + \cdots + F_n = F_{n+2} - 1$$

其中，数列 $\{F_n\}$ 依照问题 4-1 的方式定义。

■解答 4-4

先令下式为 $Q(n)$。

$$Q(n) = F_1 + F_2 + F_3 + \cdots + F_n = F_{n+2} - 1$$

步骤 A

由等式 $F_1 = 1$、$F_3 = 2$ 可知，$Q(1)$ 成立。

$$Q(1) = F_1 = F_3 - 1 = 1$$

步骤 B

假设 $Q(k)$ 成立，证明 $Q(k+1)$ 亦成立。

$$F_1 + F_2 + F_3 + \cdots + F_k + F_{k+1}$$

$$= F_{k+2} - 1 + F_{k+1} \qquad \text{利用} \, Q(k) \, \text{成立的假设}$$

$$= F_{k+2} + F_{k+1} - 1 \qquad \text{改变加法的顺序}$$

$$= F_{k+3} - 1 \qquad \text{根据递归式 } F_{k+3} = F_{k+2} + F_{k+1} \text{ 求得}$$

因此下式成立:

$$F_1 + F_2 + F_3 + \cdots + F_k + F_{k+1} = F_{(k+1)+2} - 1$$

这代表 $Q(k+1)$ 亦成立。

因此，由数学归纳法可知，对于所有正整数 n 而言，$Q(n)$ 皆成立。

（证明结束）

第 5 章的解答

● 问题 5-1（魔术时钟）

按下魔术时钟的 RESET 按钮，3 个时钟的指针会都归零，若想将排列模式变成 123，应按几次 COUNT 按钮呢？请回答一般解。请不要看第 194 页的一览表，自己先想想看。

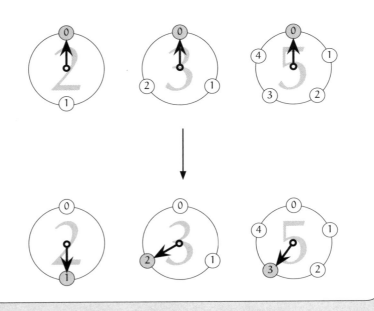

■解答 5-1

依照魔术时钟解题方法（第 198 页）的步骤 3 以后的过程计算。

先计算 3 个时钟各自转到目标排列模式 123，所需的按 COUNT 按钮的次数，并加总。

$$15 \times 1 + 10 \times 2 + 6 \times 3 = 15 + 20 + 18 = 53$$

接着，将加总的次数除以最小公倍数（30），求得余数。

$$53 \div 30 = 1 \cdots\cdots 23$$

由此可知，最少需按 COUNT 按钮 23 次。

一般解为：

$$30n + 23 （n = 0、1、2、3\cdots\cdots）$$

按下 $30n + 23$ 次 COUNT 按钮，排列模式会变成 123。

答：$30n + 23$（$n = 0$、1、2、3$\cdots\cdots$）。

●问题 5-2（魔术时钟）

按下魔术时钟的 RESET 按钮，3 个时钟的指针会都归零，若想将排列模式变成 124，应按几次 COUNT 按钮呢？请回答一般解。请不要看第 194 页的一览表，自己先想想看。

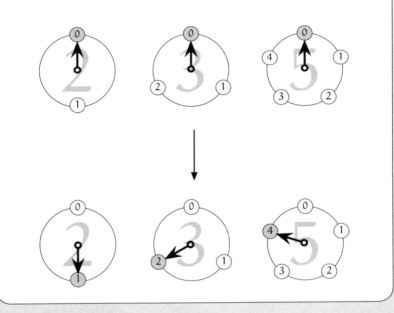

■解答 5-2

虽然可以用问题 5-1 的方法解题，但是这里我们试着用问题 5-1 的结果来解题吧。

问题 5-1 转出的排列模式为 123，若使"5 的时钟"的指针再前进一格，其他时钟的指针不变，可得排列模式124。欲使"5的时钟"的指针再前进一格，其他时钟的指针不变，只要再按6次COUNT按钮即可，因此按COUNT按钮的次数可由以下计算求得。

$$（排列模式 123 所需的按 COUNT 按钮的次数 +6）÷30$$
$$=(23+6)÷30=0……29$$

答：$30n+29$（$n=0$、1、2、3……）。

另一种解法

只要再按一次COUNT按钮，排列模式便会由124变成000，由于排列模式124可视为按第30次COUNT按钮以前的状态，因此最少要按COUNT按钮29次。

答：$30n+29$（$n=0$、1、2、3……）。

● **问题 5-3（魔术时钟）**

若想将魔术时钟的排列模式由 123 变成 000，应按几次 COUNT 按钮呢？请回答一般解。请不要看第 194 页的一览表，自己先想想看。

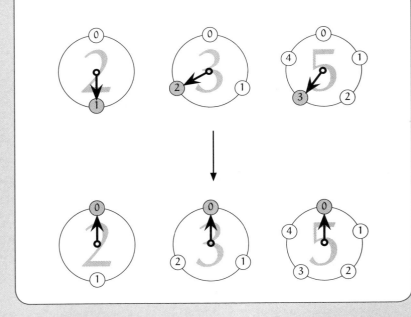

■**解答 5-3**

由问题 5-1 的结果可知，至少按 23 次 COUNT 按钮才可变成排列模式 123。而且，若原本排列模式为 000，则按 30 次 COUNT 按钮排列模式会再次回到 000。所以要从排列模式 123

变成 000，只需按 30−23＝7 次 COUNT 按钮。

$$排列模式000 \xrightarrow[30次]{23次} 排列模式123 \xrightarrow{7次} 排列模式000$$

答：$30n+7$（ $n=0$、1、2、3……）。

献给想深入思考的你

除了本书的数学对话，我给想深入思考的你准备了研究问题。本书不会给出答案，而且答案可能不止一个。

请试着自己解题，或者找其他对这些问题感兴趣的人一起思考吧。

第 1 章　重复加减亦不改变性质

●研究问题 1-X1（用数学式表示）

用数学式表示以下数学概念：

- 除以 2，余数为 1 的正整数；

- 100 位的正整数；

- 2、3、5 皆能整除的整数。

●研究问题 1-X2（计算余数）

设 A、B 为大于 0 的整数，若 A 除以 3，余数为 a；B 除以 3，余数为 b，则 $A+B$ 除以 3 的余数会是多少呢？

●研究问题 1-X3（n 位数）

在第 1 章中，"我"证明了"3 的倍数判别法"适用于所有大于或等于 0，且小于 1000 的整数，本想继续证明更一般化的情形，却被打断了（第 22 页）。请你代替"我"，证明此判别法适用于更一般化的情形。

提示：将 n 位数的正整数用下列方式表示，再提出 3。

$$10^{n-1}a_{n-1} + \cdots + 10^2 a_2 + 10^1 a_1 + 10^0 a_0$$

●研究问题 1-X4（n 进位的判别法）

第 1 章的最后，"我"思考 n 进位的数该怎么判别（第 27 页），你也来想想看吧。

• 哪些数的倍数判别法与十进制 3、9 的倍数判别法相似，可以用每位数的总和来判断吗？

• 哪些数的倍数判别法与十进制 2、5 的倍数判别法相似，可以用个位数来判断吗？

●研究问题 1-X5（1 的倍数判别法）

在第 1 章中，由梨与"我"发现 3 和 9 的倍数判别法相同，因为 3 和 9 都可以整除 9。除了 3 和 9，1 也可以整除 9（9 的因子）。请思考什么是"1 的倍数判别法"。

第 2 章　不被选而选出来的数

●研究问题 2-X1（乌拉姆螺旋）

画乌拉姆螺旋，用别的数当作螺旋的起始数，会出现其他排列模式吗？

●研究问题 2-X2（素数与合数）

证明：若正整数 n 为合数，则 2^n-1 亦为合数。

※ 可写成 2^n-1 的数称为梅森数，可写成 2^n-1 的素数称为梅森素数。

●研究问题 2-X3（二次多项式 n^2+n+41）

请证明以下推测，对于所有大于或等于 0 的整数 n 而言，二次多项式 $P(n)=n^2+n+41$ 的数值，皆无法用 2、3、5、7 整除。

第 3 章 猜数魔术与 31 之谜

●研究问题 3-X1（探讨排列模式）

请在第 110 页，以二进制表示数的一览表中，圈出连续 2 个
数位都是 1，且其他数位都是 0 的数（例如，01100 及 00110）。
这些数有没有共同的性质呢？另外，请按照同样的方式探讨
连续 3 个数位都是 1，且其他数位都是 0 的数。

●研究问题 3-X2（探讨排列模式）

请在第 110 页，以二进制表示数的一览表中，将 0 与 1 刚好
相反的 2 个数，用线连起来（例如，将 01100 与 10011 用线
连起来）。

另外，请将左右相反的数，用线连起来（例如，将 10100 与
00101 用线连起来）。

这 2 种线会形成什么有趣的图形呢？

●研究问题 3-X3（二进制）

n 位二进制数可用来表示 0 至 2^n-1 的数。若想用二进制来
表示一个"很大的数"，你认为该如何计算需要几位二进制
数呢？例如，要表示 1000 兆，需要用到几位二进制数呢？

第 4 章　数学归纳法

●研究问题 4-X1（数学归纳法）

请用数学归纳法证明，对于任意正整数 $n = 1$、2、3……，以下等式皆成立。

$$1^3 + 2^3 + 3^3 + \cdots + n^3 = (1 + 2 + 3 + \cdots + n)^2$$

●研究问题 4-X2（数学归纳法）

请指出以下证明的谬误。

定理

每个人的年龄皆相等。

证明

"某个有 n 名成员的团体，所有成员的年龄皆相等"，令上述推论为 $Y(n)$。请用数学归纳法证明，对于所有 n 而言，此推论都成立。

步骤 A

"某个有一名成员的团体，所有成员的年龄皆相等"，此推论成立。因为这个团体只有一名成员，所以 $Y(1)$ 成立。

步骤 B

假设 $Y(k)$ 成立，以下推论将证明 $Y(k+1)$ 也成立。

排列有 $k+1$ 名成员的团体的所有成员，如下图所示。

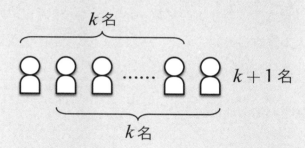

因为 $Y(k)$ 成立，所以除了最右边的成员，其余 k 名团体成员的年龄皆相等。同样，除了最左边的成员，其余 k 名团体成员的年龄皆相等。由图可知，$k+1$ 名团体成员的年龄皆相等。因此，$Y(k+1)$ 也成立。

根据数学归纳法，对于所有 n 而言，$Y(n)$ 皆成立。

（证明结束）

●研究问题 4-X3（数学归纳法）

请探讨以下证明正确与否。

定理

对于任意大于或等于 1 的整数 $n=1$、2、3……而言，拥有 n 元的人不算有钱人。

证明

利用数学归纳法证明。

步骤 A

拥有 1 元的人不算有钱人。

步骤 B

若拥有 n 元的人不算有钱人，则拥有 $n+1$ 元的人也不算有钱人。因为只增加 1 元，不可能让穷人变成有钱人。所以根据数学归纳法，对于任意大于或等于 1 的整数 $n=1$、2、3……而言，拥有 n 元的人都不算有钱人。

（证明结束）

提示：若这个证明"存在谬误"，是哪个地方不正确呢？若这个证明"正确"，请说明原因。请从这两个方向探讨。

第 5 章 魔术时钟的制作方法

●研究问题 5−X1（反过来计算）

若给定魔术时钟要转出的排列模式，我们可知如何计算所需的按 COUNT 按钮的次数。若给定的是按 COUNT 按钮的次数，该如何计算转出的排列模式呢?

●研究问题 5−X2（追加时钟）

若为第 5 章提到的魔术时钟问题追加 "4 的时钟"，请说明魔术时钟的解题方式会有什么变化。

●研究问题 5−X3（新的魔术时钟）

请研究由 "n 的时钟" "$n+1$ 的时钟"，以及 "$n+2$ 的时钟" 组成的魔术时钟。

● **研究问题 5-X4（天干地支）**

下表由天干和地支排列组成。

天干	甲乙丙丁戊己庚辛壬癸
地支	子丑寅卯辰巳午未申酉戌亥

第一组

天干	地支	干支
		甲子
		乙丑
		丙寅
		丁卯
甲乙	子丑	戊辰
丙丁	寅卯	己巳
戊己	辰巳	庚午
庚辛	午未	辛未
壬癸	申酉	壬申
甲乙	戌亥	癸酉
丙丁	子丑	甲戌
戊己	寅卯	乙亥
庚辛	辰巳	丙子
壬癸	午未	丁丑
		戊寅
		己卯
		庚辰
		辛巳
		壬午
		癸未

第二组

天干	地支	干支
		甲申
		乙酉
		丙戌
		丁亥
甲乙	申酉	戊子
丙丁	戌亥	己丑
戊己	子丑	庚寅
庚辛	寅卯	辛卯
壬癸	辰巳	壬辰
甲乙	午未	癸巳
丙丁	申酉	甲午
戊己	戌亥	乙未
庚辛	子丑	丙申
壬癸	寅卯	丁酉
		戊戌
		己亥
		庚子
		辛丑
		壬寅
		癸卯

第三组

天干	地支	干支
		甲辰
		乙巳
		丙午
		丁未
		戊申
甲乙	辰巳	己酉
丙丁	午未	庚戌
戊己	申酉	辛亥
庚辛	戌亥	壬子
壬癸		癸丑
		甲寅
		乙卯
		丙辰
		丁巳
		戊午
		己未
		庚申
		辛酉
		壬戌
		癸亥

并非所有天干地支的组合都会出现在上表。例如，上表有"甲子"，却没有"甲丑"。如何判断哪些组合才会出现呢？

●研究问题 5−X5（最小公倍数）

自然数 a、b、c 的最小公倍数，是 a、b、c 皆能整除且最小的自然数。

第 179 页的"我"说："不过，2、3、5 都是素数。3 个素数相乘，就是最小公倍数哦！"

的确，若给定的数皆为素数，将所有数相乘，即能得到最小公倍数。不过，虽然不是所有数皆为素数，但是最小公倍数也可能是所有数的乘积。例如，给定 3、4、5 这 3 个数，虽然 4 不是素数，但将这 3 个数相乘，也可以得到最小公倍数。

$$3 \times 4 \times 5 = 60$$

请问在什么样的条件下，将所有数相乘，可以得到最小公倍数呢？

后记

你好，我是结城浩。

感谢你阅读《数学女孩的秘密笔记：整数篇》。不知你是否喜欢这次的故事呢？

本书重新编写了 cakes 网站连载的"数学女孩的秘密笔记"的第 11 回至第 20 回。如果你阅读完本书，想看更多"数学女孩的秘密笔记"的内容，请你光临这个网站。

"数学女孩的秘密笔记"系列以常见的数学题目为题材，描述初中生由梨，以及高中生蒂蒂、米尔迦和"我"4 人尽情谈论数学的故事。

这些角色亦活跃于另一个系列——"数学女孩"。这个系列是以较深广的数学题目为题材的青春校园物语，推荐给你。

敬请支持"数学女孩"与"数学女孩的秘密笔记"这两个系列。

在此，我要感谢下述各位，以及为本书原稿提供宝贵意见而不愿署名的各位。当然，本书若有任何错误，皆为我的疏失，并非他们的责任。

浅见悠太、阿式佑辅、五十岚龙也、石宇哲也、石本龙太、稻叶一浩、上原隆平、奥谷佳幸、川上翠、川鸠稳哉、木村岩、忽那有起、工藤淳、毛冢和宏、上泷佳代、坂口亚希子、高田智文、花田启明、林彩、藤田博司、梵天由登里（medaka-college）、前原正英、增田菜美、三宅喜义、村井建、村冈佑辅、村田贤太（mrkn）、山口健史。

我还要感谢负责编辑"数学女孩的秘密笔记"与"数学女孩"这两个系列的 SoftBank Creative 野泽喜美男总编辑。

感谢 cakes 的加藤真显先生。

感谢所有支持我写作的人。

感谢我最爱的妻子和两个儿子。

感谢你阅读本书到最后。

我们在"数学女孩的秘密笔记"系列的下一本书中再相见吧！

结城浩

版 权 声 明